금수저 쟁론기

봄별청소년

금수저 쟁론기

초판 1쇄 발행 2023년 2월 10일

지은이 조정현

펴낸이 권은수 **펴낸곳** 도서출판 봄별
만듦 박찬석, 장하린, 권영민 **꾸밈** 여희숙 **가꿈** 성진숙 **알림** 강신현 **살림** 권은수
함께 만든 곳 피오디 북, 가람페이퍼

등록 2015년 4월 23일 제25100-2015-000031호
주소 서울특별시 서대문구 서소문로 37 1406호(합동, 충정로대우디오빌)
전화 02-6375-1849 **팩스** 02-6499-1849
전자우편 springsunshine@naver.com **블로그** http://blog.naver.com/springsunshine
스마트스토어 https://smartstore.naver.com/shinybook
인스타그램 @springsunshine0423
ISBN 979-11-90704-90-8 43810

금수저
쟁론기

조정현 지음

차례

이사

좁은 시골길이 잊을 만하면 막혔다. 트럭이나 경운기가 지나갈 때마다 아빠가 급브레이크를 밟는 통에 낡은 SUV가 쿨럭거렸다. 생전 처음으로 멀미가 나려는 찰나, 드디어 차가 멈췄다. 경기도 연포군 모지읍 향화리 산 61-3.

당장 차에서 내렸다. 명절 때나 오던 할아버지네 집. 중학생이 되고 나서는 학원을 핑계로 오지 않았는데, 이제부터 이곳이 우리 집이라니 믿을 수가 없다.

"일찍 왔네? 지온아, 네 방은 2층이야. 네가 정리할 수 있지?"

엄마에게 제대로 대답도 하지 않고 2층으로 올라갔다. 할아버지네 뒤꼍에 지은 집. 새 집과 원래 집이 복도로 연결되어 있고, 내 방은 복도 위의 다락방이었다. 올라가자마자 노트북을 켰지만, 아직 인터넷이 연결되지 않아 아무것도 할 수 없었다. 한숨이 나왔다.

'우승이 코앞인데 계정 폭파라니……'

아무리 새로운 퀘스트라고 위로하려 해도 짜증이 났다.

'괜찮아. 레벨 올리는 거 일도 아니야.'

눈 감아도 손에 잡힐 듯 훤했던 필드 지도는 사라졌지만, 나의 능력치만은 그대로라고 스스로를 달랬다. 비록 모든 아이템을 잃어버린 채 다른 버전으로 강제 이동을 당했지만.

가족들은 내가 왜 화를 내는지 모른다. 아니, 내가 얼마나 진지했는지조차 알아차리지 못했다. 그러니 진정하고 받아들이는 것이 낫다. 믿어지지 않지만 이것이 현실이다. 자, 일단은 필드 확인부터.

연포군: 면적 721km², 인구 40,201명, 2개 읍 8개 면. 특산물은 신선한 축산물, 유제품, 간장, 된장, 고추장, 메주. 관내 초등학교 10개, 중학교 5개, 고등학교 2개, 그런데 비평준화 지역.

고등학교는 둘 다 대입 카페에 이름도 올라와 있지 않았다. 인터넷을 한참 뒤져 지난해 입시 결과 자료를 찾았다. 예상대로 서울대 진학생은 한 명도 없다. 작년도 재작년도 재재작년도……. 그런데 더 나쁜 것은 그 두 개 있는 고등학교 중 하나가 할아버지네 집 근처에 있다는 것이었다. 걸어서 30분 거리. 그 정도면 '아주' 가까운 거라고 엄마와 아빠는 강조했다. 도시와 시골의 거리 감각이 다른 줄은 알고 있다. 하지만 그것이 할아버지 동네일 때와 우리 동네일 때 사정은 전혀 다르다. 아침마다 30분이라니, 그것도 서울대 진학생이 한 명도 없는 고등학교에 가기 위해 땀을 흘리며 혹은 추위에 떨며 걸어야 하다니. 아침마다 등교시켜 줄 것도 아니면서 어떻게 그렇게 무신경할 수 있는지. 이번 이사로 짜증을 내는 것도 한계에 다다랐다.

"지온이는 혼자 있는 거 좋아하니까, 다락이 좋지?"(엄마)

"우리 지온이 한 층을 다 쓰는 거냐? 쓸데없는 문제집 모아 두기엔 거기가 딱이지."(아빠)

"쟤는 맨날 시끄럽다고 하니까 혼자 있는 게 좋을걸?"(지혜)

우리 의사와 상관없이 이사를 결정한 것도 그랬지만, 2층을 혼자 쓰니까 내가 좋아할 거라는 말에는 정말로, 할 말 없음.

작년에 아빠가 집 짓기를 돕는다며 할아버지네에 자주 갈 때 눈치를 챘다면 뭔가 방법을 찾았을 텐데……. 소와 밭 말고는 관심 없는 할아버지가 왜 집을 짓는지 알아봤어야 했다. 그리고 아빠가 더 이상 회사에 싸우러 가지 않는 것을 의심이라도 했다면……. 하지만 중학생인 내가 어떻게 그런 것까지 신경 쓸 수 있단 말인가? 내신이며 봉사 활동이며 혼자 스펙 쌓기를 챙기는 것만으로도 벅찬데. 그렇지만 설마 이런 계획이 있을 줄은 몰랐다. 온갖 고생을 다해 최고 레벨까지 올랐는데, 전투 구역을 한순간에 바꿔 버린 적이 부모님이라니……. 엄마 아빠는 내가 행복할 거라고 확신하고 있었는데, 그 모습을 보며 나는 '미필적 고의'라는 말을 완전히 이해했다. 엄마랑 아빠는 내가 미로에 갇혀 버린 줄은 꿈에도 모를 것이다.

"아빠, 저게 우리 학교지? 지혜 지 자는 알겠는데, 모 자는 무슨 모 자야?"

우리 학교? 지혜의 말에 깜짝 놀라 창밖으로 시선을 돌렸다. 포장도 안 된 길바닥처럼 누런 운동장과 그물이 늘어진 축구 골대가 보였다. 저런 시골 학교를 보고 잘도 우리 학교라고 말하는 지혜의 무신경함에 소름이 돋을 지경이었다. 하지만 아빠의 대답이 더 놀라웠다.

"뭐라고? 아빠 운전하느라 못 봤어."

"아차차, 미안, 아빠! 이지온, 넌 설마 아냐?"

자기가 나온 학교 이름의 한자도 모르다니⋯⋯. 자기 이름이 아니었다면 지혜 지 자도 몰랐을 지혜와 아빠, 둘 다 한심했다. 나는 흙탕물 자국이 더러운 학교 현판을 보며 대답 대신 한숨을 토했다.

"역시! 이지온, 너도 한자는 약하구나? 올 A 맞으려면 한문도 잘해야 한다더니, 겨우 이런 것도 모르고. 그런데 아빠, 학교 이름이 너무 웃겨. 모지가 뭐야, 모지리도 아니고."

모을 모(募), 지혜 지(智), 모지 중고등학교. 하, 이름하고는! 이지혜한테나 어울릴까, 결코 나한테는 맞지 않는 학교다. 물론 이 동네도. 이사 가지 않겠다고 최선을 다해 고집을 피웠지만, 그래 봤자 나는 중학교 3학년. 결국 아빠 차에 실려 이곳으로 올 수밖에 없었다.

이삿짐 트럭을 보내고 나서 지혜와 나는 아빠 차에 올라탔다. 아빠가 시동을 걸며 내 휴대폰을 달라고 했다. 내비게이션으로 쓰겠다는 거였다.

"나, 인강 들어야 해."

"아들! 이사하는 날까지 무슨 공부야? 대한민국 가장 남쪽에서 가장 북쪽까지 드라이브를 하는데, 창밖을 봐야지! 멀미 나는 소리 하지 말고, 얼른 이리 넘겨."

"싫어. 아빠 폰도 있고 이지혜 폰도 있는데, 왜 내 폰을 쓰려는 거야?"

무시하고 인터넷 강의 어플을 여는데, 앞자리에 있던 이지혜가 시커먼 머리통을 내 앞에 디밀더니 순식간에 휴대폰을 빼앗아 갔다.

"야! 안 내놔?"

"아빠는 전화 올 데가 많고 나는 데이터가 바닥인데, 누구 폰을 써야겠어?"

얄미웠지만, 반박할 수가 없었다.

"차에 있는 내비로 하면 되잖아. 나 오늘 세 시간은 꼭 들어야 한단 말이야."

"이삿짐보다 우리가 먼저 도착해야 엄마가 덜 고생해. 오늘 같은 날은 장남이 팔 걷고 나서야 멋지지. 안 그래, 이지온?"

이럴 때만 집안의 장남. 그래 봤자 3분 먼저 나왔을 뿐이다. 지혜는 나보다 힘도 세고 목소리도 큰데 항상 막내 대접을 받는다. 특히 화분을 옮기거나 김장독을 씻을 때처럼 힘쓸 일이 있으면 꼭 나를 찾는다. 집안의 장남이라는 이유로.

"음악 들으면서 갈까?"

스피커와 연결된 아빠 휴대폰에서 경쾌한 행진곡풍 음악이 들린다. 지혜가 콧소리로 흥얼거린다. 엄마가 있었다면 분명히 엄마도 합세했을 것이다. 엄마도 지혜만큼이나 들떠 있었으니까.

"연포에 가면 장 공장에 다니려고 해. 할머니들이 나는 젊어서 무조건 합격이래. 된장이랑 두부가 잘 팔려서 성과급도 쏠쏠하다더라? 그 옆에 화장품 연구소가 있는데 곧 공장도 세울 거래. 당신도 취직할래?"

"소 키우면서 공장까지 다니라고?"

"아차, 내 정신 좀 봐. 당신은 이제 취직할 필요 없는데 말이야."

이사를 가기로 한 다음부터 엄마 아빠는 부쩍 대화가 많아졌다. 수다쟁이 이지혜까지 방에 틀어박혀 있던 몇 달 전과는 정반대였다. 공부하기에는 조용한 것이 나았지만, 엄마 아빠가 시끄러워지니 마음은 편해졌다. 하지만 딱 거기까지여야 했다. 집 안이 시끌벅적해지는데, 왜 내가 전학을 가야 하는지, 그것도 산과 들과 소와 개밖에 없는 할아버지 동네 학교로 가야 하는지 이해할 수 없었다. 그것도 중 3을 맞이하는 이 중요한 겨울 방학에 말이다.

"엄마, 정말 나도 가야 해?"

처음으로 누군가가 우리 아파트를 보러 온 날, 엄마에게 진지하게 물었다. 엄마는 의아한 표정이었다.

"너도, 라니? 무슨 말이야, 이지온?"

"나는 평주에 있으면 안 되냐고……. 그러니까 내 말은, 내가 중 3이 된다는 얘기야."

"중 3? 그게 무슨 상관인데?"

엄마는 진심으로 아무것도 모르는 것 같았다. 나는 한숨 대신 설명을 하기로 했다.

"엄마도 알잖아. 내가 고등학교 좋은 데 가려고 얼마나 준비했는지. 이제 결판을 낼 때가 왔는데 평주를 떠나 버리겠다고? 게다가 그런 시골로?"

엄마는 그제야 고개를 끄덕이더니 내 손을 잡았다.

"아아, 난 또 뭐라고. 아직 2월이니 다행이지 뭐야. 그렇잖아도 학원에서 특별반 등록하라고 전화 왔더라. 그래서 말일까지만 다닌다고 말해 놨어."

"뭐라고?"

나는 엄마 손을 던지다시피 놓아 버렸다. 특별반에 들어가려고 내가 시험을 몇 시간이나 봤는데……. 보나 마나 1등 아니면 2등일 텐데…….

"엄마! 빨리 전화해서 다시 한다고 해! 그 반 들어가는 시험이 얼마나 빡센지 알아?"

"당장 일주일 뒤면 이사를 가야 하는데 거길 어떻게 다녀? 시험 보느라 고생한 건 안됐지만, 어쩌겠어? 그러게 시험 보기 전에 미리 말을 하지. 그럼 고생도 안 하고 좋았잖아."

"고생을 안 했다고?"

나는 말문이 막혔다. 말했으면 특별반 편성 시험도 못 보게 했을 거면서……. 아니나 다를까, 엄마는 안타까운 눈빛으로 내 머리를 쓰다듬으며 말했다.

"네가 너무 공부만 해서 걱정이었는데, 요즘엔 더 심해서 뭔가 있구나 했어. 상준이 엄마가 특별반 들어가면 새벽 2시까지도 학원 숙제가 안 끝난다고 하더라. 우리 아들, 지금도 하얀데 더 하얘지면 어떻게 해? 엄마는 너도 지혜처럼 보기 좋게 가무잡잡했으면 했어. 다행히 할아버지 댁 근처에는 학원도 없고 공기도 엄청 좋으니까, 우리 아들, 더 건강해질 거야. 정말 좋지?"

"좋긴 뭐가 좋아? 공부는 망칠 텐데?"

"뭘 망쳐? 지금도 필요 이상으로 잘하면서. 공부도 좋지만, 네 나이 때는 건강도 챙기고 다른 것들도 좀 둘러보는 게 좋아. 세상에 얼마나 많은 게 있는데, 공부만 해? 그런 의미에서 이 동네랑 아파트를 떠나는 건 정말 잘한 결정 같아, 엄마는."

엄마는 책 꾸러미로 가득한 거실을 둘러보며 미소를 지었다. 나는 갑자기 화가 치밀었다.

"내가 가 버리면 상준이 자식만 좋겠지! 드디어 전교 1등이 사라지니 얼마나 좋아하겠냐고? 엄마는 대체 내 생각을 하기나 하는 거야?"

너무 화가 나서 소리를 지르고 말았다. 엄마는 이해가 안 된다는 표정으로 나를 보았다.

"왜 화를 내? 여기서 상준이가 1등을 하면 너는 할아버지 동네에서 1등을 하면 되잖아."

"그게 같아?"

"뭐가 다른데? 잠도 못 자 가면서 공부를 하는 건 비정상 같아."

"내가 비정상이면 이지혜는 정상이야? 엄마는 내가 공부를 잘하는 게 싫어?"

"공부를 못하라는 게 아니라, 건강을 해칠 정도니까 그렇지. 너 이번 겨울 내내 감기 달고 살았어. 1학년 초까지만 해도 이 정도는 아니었잖아. 혹시 무슨 일이 있었니?"

엄마의 예리한 눈초리를 피하며 나는 아무렇게나 대답했다.

"그때는 꿈이 없었으니까."

"초등학교 6학년 때 미생물학자가 되겠다고 했잖아. 크리스마스 선물로 현미경 사 달라고 졸랐던 거 기억 안 나? 대전에서 하는 캠프에 데려다 달라고 해서, 아빠가 휴가까지 내고 데려다줬잖아."

"그땐 애였으니까 그랬지."

"애? 그사이에 어른이라도 되었다는 말이야?"

"왜, 그러면 안 돼?"

"무슨 일이 있었는데?"

엄마의 눈빛이 심상치 않게 어두워졌다. 나는 엄마가 뭔가를 떠올리기 전에 얼른 고개를 저었다.

"그냥 의사가 과학자보다 더 멋져 보였어. 그런데 의사 되려면 라일고 가는 게 좋다잖아. 라일고는 전교 1, 2등이나 가는 데니까 공부를 열심히 하기로 한 거야."

"언제 그런 생각을 했어? 과학자가 되겠다는 꿈은 왜 버린 거야?"

"엄마는 참. 그런 건 어린애나 갖는 꿈이지. 나도 알아봤어. 미생물학자가 되려고 해도 공부 많이 해야 해. 과학고에 가려면 라일고 가는 것만큼 성적 관리해야 한다고. 그런데 박사가 되어도 취직하기 어렵고 돈도 많이 벌 수 없다던데? 하지만 의사는 열심히 하면, 특히 성형외과 의사가 되면 돈 엄청 벌 수 있어. 취업 걱정 하지 않아도 되고, 나이가 들어도 아무도 쫓아내지 못해. 그리고 내 병원을 갖게 되면 더울 때 회사 밖에서 공장장이랑 싸울 필요도 없고."

"이지온."

갑자기 엄마가 낮은 목소리로 내 이름을 불렀다.

"그러니까 미생물학자가 싫어서가 아니라 나중에 돈을 많이 벌려고 꿈을 바꿨다는 거네?"

"비슷하지만 꼭 미생물학자가 되고 싶었던 건 아니야."

"과학자가 되어도 먹고살 만큼은 돈을 벌 수 있을 거야. 그렇다면 네가 원하는 일을 하는 게 낫지 않아?"

솔직히 엄마가 한심하다는 생각이 들었다. 먹고살 만큼의 돈. 엄마, 아빠, 아빠네 공장 친구들이 늘 하는 말이다. 아빠 월급이 얼마인지 모르지만, 그리 많지 않다는 것만은 확실했다. 그 정도 벌어서는 무슨 일이 있을 때, 가령 회사가 말도 안 하고 갑자기 문을 닫아 버리거나, 문을 다시 열라고 회사랑 싸울 때 생계를 유지하기도 힘들다. 그러니까 나는 돈을 벌 수 없을 때도 걱정 없이 먹고살 만큼 많이 부자가 되고 싶은 것이다. 나도 이렇게 계산이 되는데, 엄마는 아직도 그런 계산이 안 되다니, 너무 답답했다.

"다른 엄마들은 부러워하는데, 엄마는 왜 싫어해?"

"싫어하는 게 아니라, 건강한 네가 더 좋아."

엄마가 나를 똑바로 보았다. 중학생이 되면서 자주 본 그 표정. 열심히 나를 설득하려는 엄마가 이해되었지만, 고개를 끄덕이고 싶지는 않았다. 중학생이나 된 나에게 공룡 장난감을 주며 왜 즐거워하지 않는지 모르겠다고 하는 것은 엄마 잘못이니까. 나는 밤새 공부

한 일이며, 특별반 시험에서 하나만 틀린 이야기까지 다 하고 싶었지만 참았다. 대신 힘들게 궁리한 마지막 방법을 허락받고 싶었다.

"엄마, 방 하나만 얻어 주면 안 돼? 아니면 고시원이라도. 잘 곳만 생기면 내가 알아서 학교에 잘 다닐게. 라일 고등학교는 기숙사가 있으니까, 딱 1년만 혼자 살게 해 줘, 응?"

"안 되는 거 알지?"

엄마는 1초도 생각해 보지 않고 대답했다. 그래서 단념하기로 했다. 돈도 없이 혼자 버티는 건 의미가 없다. 학원도 그렇지만 잘 곳을 마련하려면 아르바이트를 해야 할 텐데, 중학생이 할 수 있는 일은 별로 없다. 키도 크고 힘도 센 편이라 고등학생인 척할 수는 있지만, 생활비를 버느라 공부를 못 한다면 평주에 남는 의미가 없을 테니까. 결국 나는 선택할 처지가 못 되었다. 이제 믿을 것은 나와 인강뿐인가…….

사인 볼과 라일 고등학교

라일 고등학교는 인생의 목표다. 그렇다고 그런 걸 책상 위에 붙여 놓지는 않는다, 이제는.

"하하하, 유치해. 겨우 고등학교가 꿈이라니!"

전에 붙여 놨다가 지혜의 놀림감이 되고 말았다. 목표는 눈에 보일수록 좋다는 말에 붙였을 뿐인데……. 고등학교가 꿈인 아이가 세상에 어디 있다고. 라일 고등학교 다음 목표는 당연히 서울대, 그다음 목표는 의사. 그렇게 되면 아빠가 농담처럼 말하는 '집안의 든든한 장남'이 진짜로 되는 것이다. 하지만 이런 걸 설명해 봤자 이지혜는 '그래서 뭐?' 하는 표정으로 바라볼 테고, 부모님한테 말하면 영혼 없이 고개를 끄덕이기만 할 것이다. 엄마와 아빠는 평주에 있는 고등학교가 다 똑같다고 생각하는 것 같다.

"라일 고등학교? 거기는 잘사는 애들이 가는 곳이라던데?"

"장학금도 줘."

"장학금 받으려면 공부 엄청 해야 하잖아. 그렇게까지 고생할 필요가 있을까?"

"그럼 어떻게 해. 엄마 아빠, 돈 없잖아, 안 그래?"

"……음, 솔직히 그 학비는 부담스럽지."

내가 목표를 처음 털어놓은 것은 중학교 1학년 2학기. 기말고사에서 전교 1등을 한 날이었다. 드디어 자신이 생겨서 꺼낸 말인데, 엄마 아빠는 응원하기는커녕 돈 이야기로 김을 빼 버렸다. 칭찬을 받을 줄 알았는데 기분만 상했다. 라일고를 생각한 이상, 언젠가 학비 이야기가 나올 줄은 알았지만, 적어도 첫 번째 화제가 될 줄은 몰랐다. 미리 대비했는데도, 엄마랑 아빠가 학비 이야기부터 하자 이상하게 기분이 좋지 않았다. 솔직히 조금은 자랑스럽게 생각하기를 바랐는데…….

"시 장학금 받으면 전액 장학금에 기숙사비도 공짜라고. 엄마랑 아빠는 소풍비만 내주면 돼."

"평주시 장학금? 조건이 까다롭다던데?"

"일단 내신이 올 A, 학교장 추천도 받아야 하고, 자기소개서도 잘 써야 하고, 시험도 거의 만점을 받아야 할 거래. 하지만 나는 가능성이 있다고 선생님이 그랬어."

"어느 선생님?"

"학원 선생님도 그렇고, 학교 선생님도……. 드디어 전교 1등 했으니까, 앞으로 2년 반 동안 성적 관리만 잘하면 돼. 독서록 쓸 책은 도서관에서 빌리면 되니까, 엄마랑 아빠는 학원에만 계속 보내 줘."

아직 설명할 것이 많은데 아빠가 내 팔을 잡으며 말을 끊었다.

"자, 잠깐. 이지온, 앞으로도 계속 전교 1등을 하겠다는 거야?"

나는 고개를 끄덕였다. 자랑스러워야 할 눈빛은 어디에도 보이지 않았다. 엄마가 아빠 무릎을 지그시 누르더니 말을 이었다.

"지온아, 혹시 엄마가 모르는 일이 있어?"

"아니, 왜?"

"갑자기 전교 1등을 한 게 이상하잖아. 라일 고등학교에 가겠다는 이유도 모르겠고……."

"이유라니, 엄마랑 아빠는 내가 공부를 잘하는 게 안 좋아? 상준이네 엄마는 상준이가 못 푼 수학 12번이랑 15번 어떻게 풀었냐고 막 물어보고, 되게 부러워하던데……."

상준이 이야기에 갑자기 아빠의 눈썹이 움찔했다.

"이지온, 너 사인 볼 때문에 전교 1등 한 거지? 상준이랑 싸운 거 때문에. 상준이가 사과했는데 아직까지 안 풀린 거야?"

순간, 말문이 막혔다. 재빨리 머리를 굴렸지만 뭐라고 해야 할지 생각이 나지 않았다. 그때 엄마가 나섰다.

"이이는 생뚱맞게 무슨 얘기를 하는 거야? 사인 볼이라고 해서 한참 생각했네. 그게 언제 적 얘긴데 그래? 상준이랑 지온이, 그 뒤에도 단짝인 거 몰라? 여태 화가 났으면 학교도 학원도 같이 다니겠냐고? 중요한 얘기 중에 이상한 소릴 해서 말을 끊어, 당신은?"

엄마 말에도 아빠는 내 얼굴만 보고 있었다.

"정말로 사인 볼 때문이 아니야?"

아빠는 평소에는 바보인데, 가끔 날카로울 때가 있다. 아빠 말대로 나는 사인 볼을 잊지 않았고, 박상준을 용서하지 않았다. 그렇다고 상준이가 밉거나 싸우고 싶은 것은 아니지만, 옛날처럼 마냥 좋지는 않다. 한편으로는 박상준과 사인 볼에 고마운 마음도 있다. 그 사건이 아니었다면 의사가 되겠다는 생각은 하지 않았을 테니까. 성적이 좋긴 해도 꼭 전교 1등이 되어야겠다는 생각은 없었다. 고등학교 대비는 중 3이 되어서야 생각했을 테니, 라일 고등학교는 그저 남의 일이었을 것이다. 하지만 사인 볼 덕분에 흐리멍덩한 정신이 맑아졌달까?

1학년 1학기, 올림픽 축구 예선전으로 평주가 떠들썩했던 때의 일이다. 평주에서 마지막 경기가 열렸는데, 그날 결승 골을 넣은 사람이 바로 이곳 출신 프리미어리거 석진태 선수였다. 그때는 학교나 학원에서 다들 석진태 선수 이야기만 했다. 운동장에서는 너도나도 석진태 선수의 중거리 슛을 흉내 내곤 했다. 그런데 그런 선수가 평주에서 사인회를 한다는 것이다. 석진태 선수를 직접 보는 것도 꿈만 같은데, 사인까지 해 준다니. 게다가 마지막 경기에서 결승 골을 넣은 공에 사인을 해서 경매에 부친다고 했다. 그런데 문제가 있었다. 입장료가 20만 원. 유럽에서 가져왔다지만 엄마를 아무리 졸라도 받을 가망이 없는 돈이었다. 그래도 거기까지는 어떻게든 방법을 찾을 수 있을 것 같았다. 하지만 더 말도 안 되는 조건이 있었다. 입장표를 아무나 살 수 있는 것이 아니라, '호루스'라는 외국 자동차 회사의 회원만 살 수 있었다. 그러니까 축구공에 사인을 받으려면 외제 차를 사라는 말이나 같았다.

"아! 이건 아무도 오지 말라는 말 아냐?"

우리 반 남자아이들이 하고 싶은 말을 반장이 대신 해 줬다. 나도 주먹을 불끈 쥐며 볼멘소리를 냈다.

"다른 곳도 아닌 평주에서 하는 거 맞아?"

평주에는 산호 자동차 공장과 시립 자동차 연구소가 있다. 초등학교 졸업 무렵 자동차 연구소가 다른 나라로 이사를 가면서 더 이상 새로운 차가 나오지 않지만, 5학년 때까지는 '타키온' 시리즈가 나왔다. 특히 5학년 때 나온 타키온 3은 아빠가 타키온 1을 팔고 바꿀 만큼 멋진 차였다. 그때 평주에서는 타키온 3이 유행이어서 다들 멀쩡한 차를 팔고 새 차로 바꾸었다. 아마도 반 아이들 대부분은 타키온 3을 탈 것이다. 그런데 외제 차를 가진 사람만 입장표를 살 수 있다니…….

"이러다 사인회 때 아무도 없는 거 아닐까?"

반장의 말에 상준이가 피식 웃었다.

"평주에서 한다고 여기 사람만 갈 수 있는 건 아니잖아."

우리는 상준이를 비웃었다. 호루스 차는 비싸기로 유명했다. 타키온 3보다 다섯 배도 넘게 비싼 차를 가진 사람이 그렇게 많을 것 같지 않았다. 게다가 서울도 아니고 평주니까. 나와 반장은 진짜로 석진태 선수를 걱정했다. 모처럼 고향에 왔는데, 사인회장이 텅 비면 얼마나 창피할까? 얼마나 속상할까? 이건 다 호루스 자동차의 잘못이라고 화를 냈다.

하지만 예매하는 날, 상준이 말이 맞았다는 것을 아는 데 1분도 걸

리지 않았다. 우리는 쓸데없는 걱정을 했다. 매진은 물론이고, 호루스 홈페이지가 먹통이 될 지경으로 경쟁이 치열했다. 150장씩 3일, 450장. 그 표를 사려고 10만 명이나 몰렸다고 했다. 나는 그렇게 많은 사람들이 비싼 차를 갖고 있다는 데 더 놀랐다. 우리 반에도 다섯 명이나 표를 사려고 시도했는데, 나랑 제일 친한 상준이만 예매에 성공했다. 나는 상준이 아빠가 호루스 차를 갖고 있다는 사실을 처음 알았지만, 그런 것은 중요하지 않았다. 덕분에 우리 반 아이들 전부 표를 구경할 수 있었다는 것만 중요했다. 상준이가 표를 학교에 가져갔다고 아빠에게 혼났다는 말은 그 후에 들었다. 하지만 그 덕분에 상준이는 스타가 되었다.

"우와, 박상준! 사인회에 3일 내내 간다고?"

"응. 할아버지랑 아빠랑 나, 다 축구광이라서 하루로는 모자라거든. 우리 할아버지는 차범근 선수랑 마라도나랑 펠레 사인 볼도 있어. 마라도나나 펠레 사인 볼은 인쇄본이지만 차범근 선수 사인 볼은 진짜라고 얼마나 애지중지하시는지 몰라. 우리 아빠 보물 1호는 베컴이랑 지단 사인 볼이고."

솔직히 축구에 관심이 생긴 지 얼마 되지 않아서 상준이가 말하는 선수들이 누구인지 검색을 해야 했지만, 상준이네 할아버지와 아버지가 부러웠다. 우리 할아버지가 갖고 있는 오래된 물건이라고는 낡은 상자와 작은 자개 옷장과 텔레비전을 올려 둔 문갑뿐인데……. 상준이네 할아버지는 어떻게 축구공 같은 것을 수집할 생각을 했을까? 상준이가 부러워서 견딜 수가 없었다. 그때는 우리 반 남자아이들 모두가 나 같은 심정이었을 것이다.

거기까지만 했어야 했다. 상준이를 부러워하고, 사인 볼을 궁금해하고……, 딱 다른 아이들만큼만. 하지만 나는 한번 꽂히면 끝장을 보는 스타일이다. 엄마 표현대로라면 황소고집, 아빠 잔소리대로라면 고집불통, 이지혜 말대로라면 구제불능……. 나는 상준이가 미치도록 부러웠고, 결승 골 사인 볼이 어떻게 생겼는지 보고 싶어서 잠도 안 오고 입맛도 없었다. 표를 구경한 날부터 사인회 마지막 날이던 일요일까지 매일 상준이 뒤를 졸졸 쫓아다녔다.

"동생이라고 하고 나도 데리고 들어가 주면 안 돼?"

"안 돼. 표 하나에 사람 한 명이라고 했어. 세 살 이하만 함께 데리고 들어갈 수 있대."

상준이는 엄숙한 표정으로 고개를 저었다. 세 살이 아닌 것이 후회스러울 지경이었다.

"그럼 사인하자마자 보여 주라. 내가 호텔 앞에 서 있을게."

"안 될걸? 그날 경호원이 엄청 많이 깔린대. 표가 없는 사람은 호텔 주위에 얼씬도 못 할 거라더라. 사인 받은 사람들이 내려가는 엘리베이터도 따로 있대."

"어쨌든 호텔 밖으로는 나올 거잖아. 집에 가기 전에 잠깐만 보여 줘. 5분만, 아니, 1분만!"

"안 돼. 아빠랑 할아버지랑 바로 파티에 갈 거란 말이야."

"파티?"

"응. 우리 아빠가 호루스 골프 클럽 회장이라 바로 파티에 가야 해.”

“그러면…… 금요일이나 토요일은? 너희 아빠나 할아버지한테 말씀드려 주면 안 돼? 나 축구공 좀 보여 주라고.”

내 말에 상준이가 한숨을 쉬었다. 그 짜증스러운 눈빛을 본 순간, 입을 다물었다. 하지만 나는 계속 다른 방법을 찾았다. 내가 버스를 세 번 갈아타고 파티가 열리는 골프장에 간다든가, 상준이네 집으로 찾아간다든가, 상준이가 우리 반 아이들 전부를 위해 축구공을 가져와 보여 준다든가……. 하지만 상준이의 대답은 똑같았다. 파티장에서 빠져나올 수도 없고, 할아버지가 계시는 동안 친구가 오는 건 좀 곤란하고, 축구공은 마음대로 학교에 가져올 수 없다고 말이다. 결국 나는 포기했다. 토요일에는 시험공부나 하고, 일요일에는 피시방에서 놀면서 축구공을 잊어버리자고 계획도 세웠다.

그런데 일요일 날, 나는 어느새 사인회가 열리는 호텔 앞에 있었다. 하지만 상준이 말대로 석진태 선수의 뒤통수도 보지 못했다. 경호원도 많았지만, 나 같은 생각으로 온 사람이 엄청나게 많은 것 같았다. 나는 사인회가 끝난 줄도 모르고 몇 시간이나 밖에 서 있다가 실망만 한 채 집으로 돌아왔다.

사인회가 끝나자 상준이는 반에서 더 큰 스타가 되었다. 상준이의 휴대폰 배경이 석진태 선수에게 안긴 사진으로 바뀌었다. 상준이네 아빠는 호루스 자동차에서 내는 잡지에도 나왔다. 알고 보니 결승 골을 넣은 사인 볼 경매에서 1등을 한 사람이 바로 상준이네 아빠였다. 석진태 선수는 그 사인 볼의 주인을 위해 사진을 찍어 주면서 상준이를 특별히 안아 준 것이었다. 그 순간만큼은 우리 반 남자아이들에게 세상에서 제일 부러운 사람은 박상준이었을 것이다. 그중에서도 제일 부러워한 사람은 나였지만. 나는 한 번만이라도 결승 골을 넣은 공과 사인 볼을 보고 싶었다.

"박상준, 할아버지 가셨지? 그러니까 사인 볼 한 번만 보여 주라."

상준이는 잠시 찡그리더니 이내 헤헤 웃었다. 내 말을 들은 아이들이 상준이 자리로 몰려들었던 것이다.

"나도 그러고 싶은데, 할아버지가 결승 골 넣은 공까지 다 가지고 가 버렸어."

"어, 왜? 네 거 아냐?"

"할아버지 금고에 넣어 둔다고 해서. 할아버지 집에는 진열장도 있고 금고도 튼튼하니까."

나는 상준이가 이해되지 않았다.

"보고 싶지 않아?"

"괜찮아."

"아무리 귀중하다지만, 전부 금고에 넣었다고?"

"그렇다니까!"

내가 계속 물어보니까 상준이는 짜증 난 목소리로 고함을 빽 질렀다. 주변에 있던 아이들이 나를 째려보았다.

"상준이가 그렇다잖아. 그렇게 중요한 공을 아무 데나 두면 안 되지."

누군가의 말에 다들 고개를 끄덕였다. 상준이가 보일 듯 말 듯 미소를 지었다.

"이지온, 아이들 많은데 그런 얘기를 꺼내면 어떻게 해?"

둘이서만 있을 때, 상준이가 불만스런 표정으로 말했다. 혹시나 하는 마음에 상준이를 올려다보았다.

"왜? 나만 보여 주려고?"

"금고에 있다니까!"

"그럼 안 가져올 거야?"

"가져오지. 성북동에 둘 거면 사인을 왜 받았겠냐? 할아버지한테 맡긴 건 할아버지가 좋은 유리 상자를 만들어 준다고 해서야. 나만 열 수 있게."

축구공을 왜 유리 상자에 넣어야 하는지 잘 이해가 안 되었지만, 어쨌든 공이 돌아온다는 말에 기분이 좋아졌다. 같은 아파트 단지에 살 때, 상준이는 우리 집에 자주 왔었다. 영어 학원에서 만난 상준이는 우리 집에서 간식을 함께 먹을 때도 많았다.

"지온 엄마, 고마워요. 학기 중에는 항상 몸에 안 좋은 것만 사 먹어서 마음에 걸렸는데 지온 엄마 덕분에 시름을 놓았지 뭐예요. 나는 뭘 해 주지? 그건 그렇고, 이건 우리 학교 교수님들 뜻이에요. 힘 내요."

초등학교 5학년 겨울 방학, 과일과 마카롱을 들고 찾아온 상준이 엄마가 우리 엄마 손을 잡았다. 서류 봉투를 열어 본 엄마 눈에서 눈물이 반짝거렸다.

"이지혜, 엄마가 저렇게 마카롱을 좋아했어?"

지혜가 무식하게 내 머리통을 내리쳤다. 지혜는 꿀밤이라고 주장하지만, 나한테는 토르의 망치나 다름없다.

"엄마가 너냐? 먹을 거 때문에 울게? 서명 때문에 그러잖아."

나중에 보니 평주 대학교 교수들 이름이 두 장이나 빼곡하게 적혀 있었다. 상준이네 엄마가 대단하게 느껴졌다. 그즈음 아빠네 회사 가족들은 주말마다 사람이 많은 곳을 찾아다니며 서명을 받았다. 나도 아빠랑 같이 평주 버스 터미널 앞에서 해 봤는데, 서명을 받는 건 쉬운 일이 아니다. 아빠는 사람들이 많이 서명해 주면 자동차 연구소가 평주를 안 떠날 거라고 말했다. 나와 지혜는 다시는 서명을 받으러 가고 싶지 않았다. 이름만 쓰면 되는데, 사람들은 되게 귀찮아했다. 어떤 사람은 대놓고 무시하고 지나가 버려서 기분도 나빴다. 그런데 상준이 엄마는 혼자 두 장이나 해 온 것이다. 엄마가 울컥할 만도 하다고 생각했다.

아무튼 그날 이후 상준이 엄마와 우리 엄마는 엄청 친해졌다. 덕분에 나는 좀 바빠졌는데, 상준이 엄마가 이 학원도 보내야 하고 저 학원도 보내야 한다고 해서였다. 그동안 엄마랑 독서 모임에 가거나 주말농장에서 일만 하던 나는 속으로 좋았다. 논술 학원은 별로였지만, 수학 학원은 영어 학원만큼이나 좋았다. 쪽지 시험으로 1등을 할 때 기분이 썩 좋았던 것이다.

그러던 어느 날, 상준이네가 이사를 갔고, 나는 수학과 영어만 빼고 학원을 다 끊었다. 아빠가 무기한 휴직이라는 것을 하게 되었다고 했다. 학원을 싫어하는 지혜가 아무 데도 안 다니기로 한 덕분에 그나마 두 개나 다닐 수 있게 된 것이었다. 상준이는 지혜를 부러워했다. 학원가에서 먼 데로 이사를 갔지만, 상준이는 학원을 하나도 그만두지 않았던 것이다. 상준이네 엄마는 집 정리가 끝나면 한번 초대하겠다고 했다. 그때는 산 밑에 있다는 상준이네에 가고 싶은 마음이 없었는데, 사인 볼이 생긴 이후에는 언제 갈 수 있을지 기다리게 되었다. 비록 놀러 오라는 말을 하지는 않았지만, 일주일 뒤 상준이 생일에는 갈 수 있을 것이라고 생각했다. 그때가 되면 사인 볼을 볼 수 있다는 생각에 겨우겨우 참을 수 있었다.

하지만 기대는 곧 깨지고 말았다. 상준이는 학원가에 있는 뷔페식당에서 생일 파티를 했다. 생일 기념으로 축구공을 가지고 와 달라고 했지만, 빈손이었다. 파티가 끝난 다음, 나는 더 이상 참을 수 없어 메시지를 보냈다.

─박상준, 사인 볼, 내일 한 번만 가져오면 안 돼?

─케이스에 들어 있어서 엄청 무거워.

─내가 들고 다닐게.

─떨어뜨리면 어떻게 해?

─조심할게.

─안 돼. 아빠한테 혼나.

─몰래 가져오면 되잖아.

─ㄴㄴ

─그래도……

―잃어버리면 네가 책임질 거야?

―응!

―어떻게?

―돈 줄게. 입장료 나도 있어.

―ㅠ 이지온, 그렇게 보고 싶으면 중고 사이트에서 사는 건 어때? 한 개 나와
있더라.

―얼마인데?

―100.

―100원......은 아니겠지?

―농담해? 100만 원.

―헐! 그러지 말고 보여 주라! 내가 목숨 걸고 지킬게.

―안 된다고. 나 숙제해야 해.

―한 번만...... 응? 딱 한 번만...... 박상준......

상준이는 답이 없었다. 나는 한숨을 쉬었다. 그러고는 축구공 생
각을 하지 않으려 애쓰며 숙제를 시작했다. 우리 반 단체 대화방에
무슨 일이 생겼는지도 모른 채…….

○ · ○ · ○

―이지온, 구걸 쩐다.

―와, 보기만 해도 짜증!

―박상준, 보여 주지 마. 자격 미달로 사인을 못 받았으면 사인 볼 못 보는 게

공정한 거 아냐?

　—하지만 보여 주는 건 괜찮지 않을까?

　—그러면 호루스 회원은 뭐가 되냐? 돈 내고 표 사고 기다려서 사인 받은 사람의 노력은 뭐가 돼?

　—맞아. 그럼 비싼 돈 낸 사람은 뭐가 돼?

　—그냥 보기만 하라고 하면 되는 거 아냐?

　—사인 거지들이 공을 들고 사진이라도 찍으면서 자기 것인 척하면 어쩌라고?

　—ㅋㅋ 사인 거지?

　—그래. 노력도 안 한 사인 거지들은 사인을 볼 자격이 없어.

　—억울하면 자기도 노력하든가.

　—박상준, 이지온 때문에 힘들겠다.

　……엘리베이터 안에서 아무 생각 없이 단체 대화방을 열었다가 서른 개도 넘는 톡이 아니라 내 이름 때문에 깜짝 놀랐다. 손가락으로 스크롤을 올려 도대체 무슨 일이 일어났는지 살펴보았다. 그러자 맨 위에 나와 상준이의 대화를 캡처한 사진이 올라와 있었다. 아이들의 대화를 하나하나 내려 보는데 나도 모르게 손가락이 떨렸다. 구걸, 거지……. 생각지도 않은 낱말들에 심장이 쿵쾅거렸다. 아파트 입구 화단에 주저앉았다. 그리고 천천히 숨을 들이마시면서 정신을 차리려고 노력했다. 머리가 하얘진 느낌이었다. 그때 누군가 앞으로 지나가는 바람에 화들짝 놀랐다. 딱 봐도 초등학교 2학년 정도 되는 꼬마들이었다. 어이가 없었지만, 인기척에 다시 몸이 움츠러졌다. 지나가는 사람이 나에게 손가락질하는 줄 알았던 것이다. 나는

몸을 돌린 채 가만히 앉아 있었다. 구걸이니 거지니 하는 말이 계속 머리를 맴돌았다. 사인을 보여 달라고 한 것도 구걸일까? 답은 모르겠고, 학교에 가면 안 되겠다는 생각만 들었다. 한 번도 결석한 적이 없었지만, 이번에는 학교에 갈 수 없을 것 같은 기분이 들었다. 단체 대화방 아이들이 다 교실에 앉아 있을 것이다. 지금쯤 모두들 사인 거지가 언제 올지 기다리고 있겠지. 나는 담임 선생님한테 독감에 걸렸다고 전화한 다음, 집으로 올라갔다.

일주일 동안 학교에 가지 않았다. 엄마 아빠가 왜 그러느냐고 물었지만, 대답 대신 다시는 학교에 가지 않겠다고 선언했다. 중학교를 졸업하지 못해도 상관없다고, 고등학교도 안 가겠다고 고집을 피웠다. 일주일 내내 사인 볼이나 상준이 이야기는 꺼내지도 않았다.

울고 싶었지만 눈물이 나지는 않았다. 학교 생각만 하면 심장이 마구 뛰어서 어디가 아픈 줄 알았는데, 곰곰이 생각해 보니 아픈 게 아니라 이해를 할 수 없어서였다. 상준이가 귀찮았다는 것은 이해가 갔다. 하지만 아이들이 왜 나를 거지라고 하는지는 알 수 없었다. 나는 구걸을 하거나 거지 노릇을 한 적이 없다. 사인 볼을 달라고 한 것도 아니고, 내 것인 듯 자랑할 생각도 못 해 봤다. 나는 그저 진짜 공과 진짜 사인을 한번 보고 싶었을 뿐이다. 그게 그렇게 잘못한 것일까?

노력이라고? 아이들 말대로 표를 사고 줄을 서서 사인을 받은 건 아니다. 게다가 돈을 안 썼으니 공짜로 보려는 것도 맞다. 하지만 그렇다고 불공정하다는 비난을 받는 건 억울했다. 나도 그 '노력'을 하고 싶었지만 그러려면 자격이 있어야 했다. 우선 엄청 비싼 호루스 차를 갖고 있어야 했고, 사인회 풋값 20만 원도 있어야 했고, 게다가 예매에 성공할 운마저 있어야 했다. 다 알고 있는 이야기 아닌가? 공정하지 않은 것은 내가 아니라 노력할 기회조차 주지 않았던 석진태 선수와 호루스 자동차다. 그런데 그런 이야기를 해 준 아이는 하나도 없었다.

그리고 박상준······. 상준이는 왜 둘이 한 이야기를 캡처해서 올렸을까? 귀찮았다면 그냥 나에게 그만하라고 하면 되었을 텐데······. 혹시 점점 관심이 식어 가는 사인 볼을 아직도 보고 싶어 하는 내가 신기해서였을까? 그렇더라도 아이들이 나에게 거지라고 말했다는 사실은 변하지 않는다. 나는 상준이가 미웠다. 그런 녀석만 사인 볼을 갖고 있다고 생각하니 더 화가 났다. 왜 상준이만 가질 수 있었던 걸까? 상준이가 노력했기 때문에? 그런 노력이라면 누구나 할 수 있다. 선착순 같은 거였다면 나나 우리 반 남자아이들이나 호텔 앞에서 밤이라도 새웠을 것이다. 그런데 왜 우리는 노력조차 할 수 없었을까? 나는 왜 거지 소리나 듣게 됐을까?

아무리 생각해도 원인은 호루스 자동차였다. 상준이네 아빠가 갖고 있는 호루스 자동차를 우리 아빠도 가졌다면······. 하지만 우리 아빠는 호루스 자동차를 평생 만져 보지도 못할 거다. 그러니까 결국은 아빠 때문인가? 아니 아니, 그건 좀 이상하다. 생각을 너무 하면 뇌가 꼬이는 모양이다. 아무튼 아빠 때문에 내가 거지 소리를 들은 것은 아니고, 이상한 쪽은 오히려 아이들이다. 아이들도 나처럼 노력조차 할 수 없었으면서 왜 상준이 편만 드는 걸까? 사인 볼을 보지 못한 건 나와 같으면서……. 하긴, 나도 얼마 전까지는 그랬다. 나도 마음만 먹으면 상준이가 하는 건 다 할 수 있을 줄 알았다. 하지만 아니었다. 그건 상준이니까 할 수 있는 것이었다. 왜냐하면 아빠가 호루스 자동차를 갖고 있으니까. 경매에서 1등을 했다는 것만 봐도 그랬다. 경매 1등은 가장 비싼 가격을 썼다는 소리였다. 잡지에는 가격이 안 나왔지만, '석진태', '올림픽', '결승 골', '경매'로 검색을 해 보니 바로 나왔다. 우리 아빠가 아직도 할부로 갖고 있는 타키온 3에 버금가는 가격이었다. 아무리 세상에 하나밖에 없는 공이라지만, 헌 축구공에 그런 돈을 쓸 수 있는 사람은 부자다. 그리고 보니 상준이네 아빠가 대학 병원에 다닌다는 것이 떠올랐다. 그래, 상준이네 아빠는 의사다. 그리고 텔레비전에서 본 의사들은 다 부자였다.

학교에 안 간 지 일주일이 되던 수요일, 상준이가 우리 집으로 왔다. 정확하게는 자기 엄마 차를 타고 와서 나를 불러냈다. 나가지 않으려 했지만, 아빠가 방문을 억지로 열었다. 나는 엄마 손에 이끌려 밖으로 나갔다. 호루스 차는 안 보이고, 우리 동 앞에 정차된 타키온 3의 문이 열렸다. 상준이가 커다란 쇼핑백을 들고 쭈뼛쭈뼛 내렸다. 엄마가 주차할 곳을 안내하겠다며 계단을 내려갔다. 차에서 내린 상준이가 나에게 걸어왔다. 한 걸음 한 걸음 다가올수록 느려지더니 얼굴을 또렷하게 볼 수 있는 거리가 되자 갑자기 얼굴을 일그러뜨리며 으앙 울음을 터뜨렸다.

"이지온, 미안해."

상준이가 아기처럼 울어 버리자 나도 눈물이 찔끔 났다. 나는 상준이의 어깨를 잡았다.

"울지 마."

"내가 잘못했어. 난 그냥……."

"됐어. 저건 뭐야?"

나는 변명을 듣고 싶지 않았다. 단체 대화방에서 그런 말이 오갈 줄은 상준이도 몰랐을 테니까.

"어, 이거 사인 볼이야. 아빠가 보여 주라고 해서 가져왔어. 그리고 반 아이들도 너한테 사과하고 싶대. 꼭 학교에 오라고……."

그렇게 보고 싶던 사인 볼이라는데 쇼핑백에 손이 가지 않았다. 그저 속이 답답했다.

엄마와 아빠는 결국 단체 대화방에 대해 알게 되었다. 그리고 어떻게 하고 싶으냐고 나에게 물었다. 내가 원하면 전학을 가거나 홈스쿨링을 해도 좋다고 했다. 더 이상 학교에 가지 않아도 된다는 말에 나는 울음을 터뜨렸지만, 뭘 어떻게 하고 싶은지는 생각나지 않았다.

"지온아, 엄마가 꼭 사과를 받아 줄게. 너희 반 아이들을 위해서라도 꼭 사과를 받을 거야."

엄마가 내 손을 잡고 다짐했다. 엄마는 잘못된 일을 호락호락 넘기지 않는 사람이니까 분명히 사과를 받아 줄 터였다. 그런데 상준

이나 반 아이들에게 사과를 받고 싶은 건 아니었다. 이상했다. 누구
한테 사과를 받고 싶은지 알 수 없었다. 하지만 한 가지는 확실했다.
다시는 거지 소리를 듣고 싶지 않았다. 나는 부자가 되기로 했다. 그
생각을 하자마자 의사가 생각났다. 상준이네 아빠처럼 의사가 되는
건, 나도 할 수 있는 일 같았다.

깊은 산속 모지리

　지혜가 아이들과 떠들며 운동장을 가로지르고 있었다. 무엇이 저렇게 신나는지 궁금해서 멍하니 내려다보는데, 쓰레기통을 비우고 온 주번이 말을 걸었다.

　"안 가냐? 쌍둥이 여동생은 벌써 나간 것 같던데?"

　김성빈, 기억하고 싶지 않지만 기억하지 않을 수 없었다. 중 3은 열다섯 명밖에 안 되는 데다 할아버지네 아랫집에 사는 유일한 동네 아이니까. 물론 이지혜 기준으로는 동네 아이가 대여섯쯤 된다. 여기저기 참견하기 좋아하는 탓에 30분 이내는 다 동네라고 하니까. 학기가 시작되기도 전에 지혜는 벌써 전교생과 친구가 되어 버렸다. 덕분에 오늘 처음 만난 아이들이 나에게 친한 척했다. 자기소개를 할 필요가 없는 건 좋았지만, 귀찮기만 했다.

　"춥지?"

　어느새 따라온 성빈이가 어깨를 부르르 떨며 말을 걸었다. 나는 고개를 끄덕였다. 별로 추위를 타는 편이 아닌데도 임청나게 추웠다. 연포의 3월 날씨가 평주의 겨울보다 추웠다.

"산속이라 더 그렇다고 하더라. 문촌 시내만 나가도 여기보다는 2도나 높다고 엄마가 그랬어."

평주는 여기보다 5도는 더 따뜻할 거다, 라고 대답하고 싶었지만 입 밖으로 꺼내면 가고 싶어질까 봐 안 했다. 한 가지 위로가 되는 것은 어두워서 내 표정을 숨길 수 있다는 것이었다.

교문에 이르자, 멀리서 자동차 엔진 소리가 들렸다. 승용차보다는 큰 소리여서 혹시나 했는데, 학원 버스가 아니라 군 트럭이 휙 지나갔다. 흙먼지가 가라앉을 때쯤 주위를 둘러보며 성빈이에게 물었다.

"여긴 왜 이렇게 조용해?"

성빈이는 의아한 눈빛으로 나를 보았다.

"학원 차가 한 대도 안 보여……."

"학원 차? 여긴 그런 거 없어."

"아무도 학원을 안 다닌다고? 그럼, 고등학생들은?"

나는 아직 불이 켜져 있는 고등학교 건물을 가리켰다.

"우리 학교 3학년 중에는 학원 다니는 사람 없어. 학교에서 자율 학습이랑 보충 학습이랑 다 하는데, 뭐. 가끔 군부대에서 선생님들이 과외도 해 주러 오고."

"군부대 선생님? 군대에 학원도 있어?"

"헐, 학원이 있는 군대가 어디 있냐? 그냥 군인들이 와서 과외를 해 주는 거야. 대학생 군인들."

"군인을 뭘 믿고……. 대학생도 대학생 나름이지."

"형들 말로는 서울대나 최소 인서울 다니다 왔대."

서울대라는 말에 살짝 학교가 괜찮아 보이려고 했지만, 작년까지 서울대 합격자 수가 0명이었다는 것이 떠올랐다.

"그래도 학원이랑은 다르지. 대학은 정보 싸움인데……."

"정보 싸움?"

"학생부 종합 전형은 다 정보 싸움이야. 학원 없이 스펙을 어떻게 쌓으라고? 내신이나 자기소개서 혼자 관리했다간 폭망이라고."

"스펙을 학원에서 챙겨 준다고? 네 말은 학원에서 상도 타게 해 준단 말이야? 아, 과학 경시대회에서 상 타면 과고 가는 데 유리하다는 식이지?"

"물론이지."

"그래서 서울 애들이 경시대회를 휩쓰는 거구나. 하지만 이 근처에 그런 학원은 없어. 태권도 학원도 문촌 시내에나 가야 있고."

"문촌?"

"응. 문촌에 가려면 차로 40분 넘게 걸려. 버스도 한 대뿐이고."

말문이 막혔다. 그때 전화가 왔다. 박상준이었다. 나는 성빈이에게 먼저 가라고 손짓을 했다.

"어, 박상준. 웬일이냐?"

"궁금해서."

"이지혜가 다 떠들었잖아."

전학 가기 전, 지혜는 매일 쉬는 시간마다 우리 반에 와서 살았다. 반마다 지혜의 절친이 하나씩 있기는 했지만, 그중에서도 코미디언이 꿈인 여자아이와 매일 미친 짓을 했던 것이다. 이사가 결정된 뒤에는 우리가 갈 곳이 얼마나 시골인지 떠벌린 덕분에 연포군에 대해 모르는 아이가 없었다.

"걔네들은 웃긴 말만 했잖아. 소랑 돼지가 돌아다닌다는 둥, 닭장 앞에서 프라이를 해 먹는다는 둥……. 진짜일 리가 없지, 안 그래?"

"……그렇다고 치자."

"아, 배고파. 넌 저녁 뭐 먹을 거냐? 너네 학교 주변은 뭐가 맛있어?"

"박상준, 비문인 거 알지? 주변이 어떻게 맛있냐?"

"야, 맥락 이해도 모르냐? 아무튼 주위 상가에 햄버거집은 뭐가 있어?"

"햄버거? 상가도 없다."

"상가가 없다고? 그럼 편의점은 어디에 있어?"

"편의점 없어."

쓸데없는 말만 하는 상준이 때문에 짜증이 났다. 하지만 상상할 수 없는 걸 어쩌랴. 밭, 논, 축사, 비닐하우스, 개, 개똥……. 주변에 이런 것만 있는 학교를…….

"헐! 지혜 말이 사실이란 말이야? 그럼 햄버거 먹고 싶으면 어떻게 해? 버스 타고 나가야 해?"

또 주위를 둘러보았다.

"버스 정류장, 없어."

"그럼, 지하철?"

지하철? 장난해? 대답도 하기 싫었다.

"학원까지는 몇 분 걸려?"

학원…… 울 것 같아서 전화를 끊어 버렸다. 그러자 곧 다시 전화가 울렸다. 아무 생각 없이 통화 버튼을 누르고 후회했다. 박상준이 영상 통화를 걸었던 것이다.

"와, 대박! 네 뒤에 다 산이야!"

"그게 뭐? 너네 집도 산 밑이라며?"

"취소. 너네 뒷산에 비하면 우리 집 뒷산은 언덕인걸? 주변 좀 보여 줘 봐. 헐, 진짜 대박! 설마 학교 안 가고 등산 간 거냐?"

나도 한숨이 났다. 주변은 들과 산뿐이고, 들리는 것이라곤 소 울음소리와 개 짖는 소리뿐. 아니, 가끔 헬리콥터 소리도 들린다.

"그런데 왜 이렇게 조용해? 다들 학원에 갔나 보지? 전학 갔다고 기죽지 말고 친구들 많이 사귀어, 이지온."

지금 이 순간, 제일 시끄러운 것은 평주에 있는 박상준이다. 당장 전화를 끊고 싶었지만, 겨우 참았다.

"특별반은 어떠냐?"

"휴, 어제가 개강 날이었는데 숙제가…… 새벽 3시까지 숙제하느라 죽는 줄 알았다. 너, 전학 가길 잘했어."

지금쯤 학원 아이들은 고등학교 수 상, 수 1, 수 하, 수 2를 복습하겠지만, 특별반 아이들은 수능 모의고사 문제집 풀이를 하고 있을 것이다. 상준이는 힘들다고 하지만 따라잡지 못할 리는 없다. 원래대로라면 나도 상준이처럼 죽을상을 하고 학원 차에 구겨져 있어야 하는데, 차 한 대 없이 맑은 공기 속을 걷다 보니 배알이 뒤틀렸다.

"이지온."

오답 노트에 적힌 4점짜리 수능 문제를 생각하고 있다가 아직 전화가 끊기지 않았다는 것을 깨달았다. 나는 최대한 안 잊어버린 듯한 표정으로 전화기를 들어 올렸다.

"박상준, 아직도 학원에 도착하지 못한 거냐?"

"너, 그러다 넘어진다. 운동화 끈 풀렸어."

"네가 어떻게 알아?"

"계속 땅만 보여 주니까 그렇지. 그나저나 정말 시골은 시골이구나. 다 흙길에 불빛도 없어. 이지혜가 말했을 때는 설마 했는데."

"이지혜가 농담은 하지만 거짓말은 안 해."

"너도 거짓말 안 할 거지?"

"무슨 얘기야?"

"라일고 말이야. 라일고 수석으로 들어갈 거라며?"

순간 말문이 탁 막혔다. 나는 대답 대신 주위를 다시 한번 둘러보았다. 이제 다음 주면 특별반 아이들은 문제집 반은 끝낼 것이다. 하지만 나는 아직 인터넷도 연결이 안 되어 있다.

"약속한 적도 없는데, 무슨 거짓말 타령이야."

"울 엄마가 하도 널 부러워해서 꼴 보기 싫을 때도 있었는데, 막상 네가 없으니까 재미없어. 솔직히 학원에서 가르쳐 주는 것보다 네가 가르쳐 줄 때 더 이해가 잘되는 것도 있고……."

"그럼 과외비를 내든가."

"어쨌든 처음 보는 녀석들이 벌써 라일고에 들어간 것처럼 거들먹거리는 게 꼴사나워 죽겠어. 그리고 나 심심하니까 라일고 수석만큼은 평주 중학교 1등이었던 네가 해라."

갑자기 눈물이 나려고 했다. 나는 얼른 휴대폰을 내려놓고 엉거주춤 허리를 구부리고 앉아 운동화 끈을 맸다. 박상준은 갑자기 땅바닥만 보이는 게 답답했는지 연거푸 내 이름을 불렀다. 나는 끈을 매는 동안 눈물을 말리고 짜증 섞인 표정으로 전화기를 들었다.

"애냐? 그만 좀 불러. 그리고 이제 평주중 1등은 너한테 물려줄게. 내가 있을 때는 불가능했지만 이젠 할 수 있을 거야."

"가능했거든? 그래 봤자 평균 0.5점 차이였어."

"인정할 건 인정해라. 나 때문에 1등 못 한 건 맞잖아. 나도 없는데, 1등 못 하면 가만 안 둬."

"알았어, 짜식. 내가 네 후계자가 되어 주마. 대신 너야말로 라일고 안 오면 가만 안 둬."

속으로 박상준이 뭘 잘못 먹은 게 아닌가 생각했다. 엄마한테 징징거리기만 하고 유치한 줄 알았는데, 제법 친구 같은 말을 하고 있었다. 그래서 곤란했다. 나는 쉽게 대답할 수가 없었다. 이지혜뿐 아니라, 나도 거짓말은 잘 못한다. 나는 살며시 전화를 끊었다. 알리바이는 충분하다고 생각했다. 이렇게 깊은 산속인데, 전화가 끊겨도 이해하겠지.

시제

"지온이, 아직도 자냐?"

할아버지 발소리에 침대에서 굴러 내려왔다. 할아버지가 왜 내 방까지……. 침대에 기대앉아 있는데, 할아버지가 내 삐친 뒷머리를 쓰다듬으며 미소를 지었다.

"왜요, 할아버지?"

목소리가 갈라져 나왔다.

"어제도 새벽에 잤어? 중요한 시기에 혼자 공부하려니 힘들겠구나. 그래도 밤낮이 바뀌면 몸에 안 좋으니, 어서 일어나라."

눈곱 때문에 눈이 잘 떠지지 않았다. 할아버지는 꺼칠한 검지손가락으로 천천히 눈곱을 떼 주었다.

"어여 우유 한 잔 마시고 문화 회관으로 와."

"엄마랑 아빠는요?"

"둘 다 거기에 있지. 지혜도 벌써 나갔고."

"공부해야 하는데……."

나는 책상 쪽으로 고개를 돌리며 버릇처럼 말했다. 엄마랑 아빠한 테는 안 통하지만 할아버지한테는 백 퍼센트 통한다. 공부를 한다고 하면 할아버지는 무조건 내 편이었다. 아빠가 축사에 오라고 할 때도, 엄마가 청소 좀 해 달라고 할 때도, 할아버지가 모든 걸 면제해 준다. 하지만 오늘은 달랐다.

"잠깐 왔다 가."

"왜요?"

"내일이 홍씨네 시제라 회관에서 음식 장만하고 있다."

"시제가 뭐예요?"

"홍씨네 조상들 제사."

"우린 홍씨가 아니잖아요."

"효원 홍씨네 시제 전날에 마을 전체 고사도 지내니까, 너도 와서 절하고 어른들께 인사드려."

"오래 걸려요?"

"너한테 보여 줄 사람이 있으니, 잔말 말고 꼭 와."

할아버지가 이렇게까지 나한테 길게 말한 적은 없었다. 나는 하는 수 없이 고개를 끄덕였다. 할아버지는 흡족한 표정으로 계단을 내려 갔다. 나는 천천히 일어났다. 남의 집 제사라니 이해도 안 되고 귀찮 았지만, 하는 수 없는 일이었다.

툇마루로 나오다 효원루 꼭대기의 까치와 눈이 마주쳤다. 기분 탓 이라 생각하고 다시 확인하려 했지만 까치는 벌써 날아가 버린 뒤였다. 아무리 내 눈이지만 믿을 수 없다. 할아버지네 집에서 효원루까지는 적어도 200미터. 이사 온 지 2주 만에 고구려 무사 수준의 시력이 된 줄 알았다. 효원루 아래로는 적어도 10층 높이의 절벽. 그 아래로 화평강이 흐르고 꽤 너른 벌판이 펼쳐진다. 서울이나 평주라면 벌써 아파트를 세웠을 텐데……. 그렇다면 할아버지도 부자가 되었을까? 할아버지나 동네 어른들은 이 탁 트인 들을 자랑스러워했다. 명절 때마다 할아버지가 입에 침이 마르도록 칭찬했던 화평강과 효원 홍씨 집안의 조상이 세웠다는 효원루까지 포함해서.

화평들은 어떤 가뭄에도 마른 적이 없는 화평강을 끼고 있는 덕에 흉년에도 수확이 괜찮았다고 한다. 할아버지도 열심히 일해 화평들에 땅을 가지게 되었는데, 그 덕에 아빠를 대학에 보낼 수 있었단다. 지혜는 꽤 감동 어린 표정으로 할아버지 이야기에 귀를 기울였지만, 나는 엉덩이를 긁으며 텔레비전을 보는 아빠를 내려다보았다. 화평들에서 번 등록금으로 대학을 다녔다는 아빠는 회사와 싸우고 결국 백수가 되었으니까.

화평들이 끝나는 지점에 다시 작은 개천이 있고 농업용 일방통행로가 있다. 바로 그 옆 비탈에 화평 문화 회관이 있었다. 커다란 느티나무 아래 자리 잡은 문화 회관에는 동사무소에서 지어 준 노인정과 이제는 문을 닫은 어린이집 그리고 도서관이 있다. 말이 도서관이지 책도 별로 없고, 독서실용 책상 몇 개에 고물 컴퓨터 두 대, 프린터 하나가 전부다. 건물보다 마당이 세 배는 더 넓은 문화 회관에는 정자도 두 채나 있다. 추운 동네인데 다들 바깥에 있는 것이 더 좋은 모양이다.

그 넓은 공터 윗집이 할아버지네 집이다. 그러니까 안 갈 핑계가 없다. 나는 툇마루에 누워 하늘을 올려다보다가 귀에 익은 차 소리에 몸을 일으켰다. 할아버지 차였다.

"이런, 여태 이러고 있었어?"

나는 얼른 일어나 슬리퍼를 신고 할아버지 차로 다가갔다.

"이제 가려고요. 할아버지는 어디 다녀오신 거예요?"

그때 할아버지 차에서 누군가 내렸다.

"삼거리 가서 연준이 데려왔지. 연준아, 얘가 지온이다."

"너구나? 난 홍연준, 나이는 스물넷이고."

"안녕하세요."

나는 고개를 까닥 숙였다. 스물넷, 짧은 머리가 군인처럼 보였다. 할아버지가 데리러 갈 정도로 친한 군인이 있었나? 이런저런 생각이 드는데, 할아버지가 내 팔을 잡았다.

"녀석아, 인사가 그게 뭐야? 학교는 어디고 몇 학년이고 이름은 뭐고, 제대로 해야지. 연준이는 요 근래 우리 마을에서 유일하게 서울대에 간 수재야. 학원 한번 안 다니고 혼자 힘으로 서울대 나와서 지금 박사님이라고 했지?"

순간 두 눈이 번쩍 뜨였다. 그제야 할아버지가 왜 삼거리까지 가서 데리고 왔는지 이해가 되었다.

"아직 멀었어요. 그리고 저 때는 금화 고등학교가 좀 날릴 때잖아요. 학교 덕을 봤죠."

"문촌에 있는 고등학교요? 형 전교 1등이었어요?"

나는 연준 형에게 다가들었다.

"아니, 전교 1등은 못 했어. 너는 전교 1등이라며?"

"네. 평주에서……."

"대단하네. 난 중학교 때 놀기만 했는데."

"전 라일고가 목표거든요. 전교 1등이 아니면 힘들어서……."

"아, 라일고? 우리 과에도 라일고 출신이 있었어. 라일고가 전국에서 좀 유명하지?"

"네."

"그래서 할아버지가 네 걱정을 했구나?"

연준 형이 앞서가는 할아버지를 따라가며 이렇게 말했다.

"할아버지가요?"

"응. 오는 내내 널 부탁한다고 하시더라고."

"뭘요?"

"그러게, 내가 뭘 해 줄 수 있지? 과외를 해 달라고 하신 건 아닐 텐데……."

연준 형이 씁쓸한 표정으로 나를 보았다. 하지만 나는 할아버지 마음을 알 것 같았다.

"형은 여기 안 살죠?"

"응. 오늘이 아니면 유학 가기 전에 다시 집에 들를 시간이 없어서 왔어. 내일 아침에 갈 거고. 할아버지가 용돈도 많이 주시고 해서 뭔가 도움을 드리고 싶기는 한데, 뭘 해 줘야 할지 모르겠네. 뭘 원하는 게 있니? 궁금한 거냐……."

"음, 형은 진짜 학원도 안 가고 서울대 간 거예요?"

"응."

"수능으로요?"

"아니. 학생부 전형."

"혹시…… 농어촌?"

"그래."

"내신도 좋았겠죠?"

"별로. 그때 우리 학교가 좀 유명해서 다른 도에서 전학 오기도 했어. 내 내신은 1.5 정도였어."

"그럼, 형네 반에서는 서울대를 몇 명 갔어요?"

"반에서라니? 학교 전체에서 다섯 명 간 걸로도 신문에 났었는데."

나도 모르게 한숨이 나왔다. 학교 전체에서 다섯 명…… 라일고라면 반별 합격자 수준이다.

"너, 지금 라일고 생각했지?"

"네……."

"그렇다더라. 나도 대학교 가서 깜짝 놀랐어. 반 친구를 만나러 학생 식당에 간다는 애들 얘기 듣고……."

"어떻게 전교에서 다섯 명밖에 못 갈 수가 있어요? 학교가 유명했다면서요?"

"나도 그 점에 대해서 생각해 봤는데 말이야……."

연준 형이 갑자기 걸음을 멈추었다. 어느새 회관 앞이라서 많은 어른들이 연준 형에게 아는 척을 했다. 형은 공손하게 허리를 숙여 인사하더니 구석에 있는 식탁으로 나를 데려갔다.

"우리 학교가 아니라, 라일고가 이상하다는 생각은 안 하니?"

"네? 왜요?"

"학생부 전형은 내신이 중요한데, 1등급이 반에 다섯 명일 수는 없잖아. 그 정도 계산은 누구나 할 수 있지 않아?"

순간, 할 말이 없었다. 연준 형의 말이 맞았다. 소수점까지 따져 등급을 정하는데, 다섯 명 이상이 1등급일 리 없다. 서울대가 최고라 치고 2등급 이하는 붙을 수가 없다고 한다면, 라일고든 금화고든 반에서 한 명 넘게 합격하는 건 정상이 아니다. 하지만……

"하지만…… 라일고는 공부 잘하는 학교잖아요. 공부 잘하는 애들이 모여 있으니까, 등급이 밀려도 일반고 애들보다는 잘하는 거 아닐까요?"

"라일고가 공부 잘하는 학교라고 확신해?"

라일고는 전국 상위권 아이들이 시험 봐서 들어가는 학교다. 누구나 다 아는 사실인데 왜 물어볼까?

"네! 그래서 저도 이 악물고 공부하고 있는 건데요?"

"엄밀히 말해, 중학교 때 공부 잘한 애들 아니야? 중학교 때 공부 잘한 아이들을 모아 놓은 라일고. 난 그렇게 생각하는데?"

"그게 그거 아니에요?"

"중학교와 고등학교 둘 다 3년이야. 중학교 때는 못했지만, 고등학교 때 잘하는 애들도 있지 않겠어? 그런 애들은 무시하는 거야?"

"네?"

"중학교 때 상위권이 아니라거나 정보가 부족해서 일반고에 간 아이라도, 고등학교 3년 동안 열심히 공부할 수 있잖아. 그런 아이들만 모인 일반고라고 치자. 그러면 라일고랑 그 일반고랑 어느 학교가 공부를 더 잘하는 학교지?"

"그거야 가정이잖아요. 실제로는 일반고에 간 아이들이 그렇게 공부하는 경우는 드물고, 라일고에 간 아이들은 여전히 공부를 계속 열심히 하고……."

"네 말대로 가정이라고 해도, 학교마다 1, 2등급의 아이들이라면 열심히 한 아이들이지 않을까?"

그건 그렇다. 대충 공부해서 1등급을 받을 수는 없다. 어느 학교든 전교 1등에서 3등까지는 문제 한두 개로 등수가 갈리는 거니까.

"그런데 어느 학교는 4, 5등급도 서울대에 가고, 어느 학교는 1등급도 떨어져. 이건 누가 봐도 이상한 얘기지."

형 말이 맞는데, 왠지 고개를 끄덕이고 싶지는 않았다. 모든 학교 1등급이 서울대에 간다면 라일고는 갈 필요가 없어진다는 말이니까.

"그럼, 형 때 인서울은 몇 명 했어요?"

"음…… 아마, 다섯 명?"

"네? 다섯 명요? 다섯 명이 서울대를 갔는데, 인서울이 다섯 명이라면 나머지는 서울에 있는 대학을 아예 못 갔다는 거네요? 공부 잘하는 학교였다면서요? 농어촌에 학교장 전형까지 했으면 훨씬 더 많이 가야 정상 아니에요?"

"나도 그렇고 학생부 전형으로 서울대 간 애들 네 명 모두 연고대랑 이대 같은 사립대에도 원서를 썼어. 하지만 다 떨어졌지. 서울대 나머지 한 명은 정시로 간 전교 10등이고."

"네? 어떻게 그럴 수가 있어요? 서울대 붙을 정도면 다른 데도 다 붙는 거 아니었어요?"

"사립대는 학교'빨'이 중요하거든. 그러니까 서울대가 아니라 인서울이 목표라면 정시를 노리는 수밖에 없어."

나랑 형이 동시에 한숨을 쉬었다.

"정시는 너무 적게 뽑잖아요. 저도 정시를 피하려고 라일고에 가려던 거였는데……."

"왜 과거형이야?"

"……이런 데로 이사를 왔으니까요."

"할아버지도 많이 속상해하시더라. 고등학교 수석 입학도 틀림없다고 자랑하시던데……."

전교 1등을 한 뒤로 할아버지가 나를 더 자랑스러워한다는 것을 알고 있었다.

"우리 할아버지는 공부 잘하는 걸 최고라고 생각하셔서……."

"그래. 너희 할아버지는 다른 할아버지들보다 더 그러시더라. 수석을 노릴 정도였으면 라일고 입학 정도는 가능할 것 같은데, 거긴 전국 전형이 없니?"

"있어요. 하지만 등록금이랑 기숙사비가 비싸잖아요."

내 말에 연준 형이 나를 물끄러미 보았다.

"혹시 그래서 수석으로 들어가려고 했던 거야?"

"네."

"그 정도 각오였다면 속상할 만하네. 인강 같은 거 보면서 만점을 목표로 해 봐. 만점이면 단순하잖아."

"아뇨. 단순하지 않아요. 수석 장학금도 여러 가지인데, 제가 찾아본 건 평주시 장학 재단에서 주는 거였거든요. 그걸 받으려면 평주에 3년 이상 살아야 해요. 전 학년 장학금이랑 기숙사비까지 주는 건 그것뿐이었단 말이에요. 다른 수석 장학금은 1년이나 2년만 등록금을 면제해 줘요. 기숙사비는 다 내야 하고요……."

"아아, 부모님한테 부담을 드리고 싶지 않은 거구나?"

"우린 쌍둥이라서……. 그리고 아빠는 1년 넘게 백…… 아니, 회사가 문을 닫는 바람에……. 빚도 졌다던데……."

"회사가 문을 닫았다고?"

"네. 산호 자동차 다녔거든요."

"아아. 파업 뉴스, 들은 적 있어. 평주는 미생물 연구소에 가 본 적이 있는데……."

"아, 거기! 바이오 산업 단지 말이죠? 평주 대학교 옆에. 라일고도 그쪽이에요. 그 후문 쪽에 있는 아파트가 우리 집이었고요. 학원가도 바로 있고, 되게 편했었는데……."

"이사 오기 싫었겠네."

"진짜로요."

나는 한숨을 쉬었다.

"여기에서 열심히 하는 것도 방법이지 않을까? 농어촌 전형이 되는지 알아보고……."

"싫어요. 농어촌 전형이면 개무시당한다던데요? 라일고 정도는 되어야 지방 살아도 거지 소리 안 듣고……. 전 누구한테 꿇리고 싶지 않아요."

"흠, 그런가……. 그런데 어차피 농어촌 전형도 될까 말까야. 꽤 오래 살아야 하거든, 시골에."

그때 홍씨 성을 가진 아저씨들이 술 냄새가 날 것 같은 목소리로 형을 불렀다.

"농어촌 전형도 알아봐. 거지 소리 들어도, 실력으로 입 다물게 하면 되잖아."

아저씨들 쪽으로 몸을 돌리는 형의 턱선이 날카로웠다. 실력이라면 대학교에서도 전교 1등을 하란 말인가? 한숨이 나왔다. 의대는 그렇잖아도 공부할 것이 많다는데, 그중에서도 1등을 해야 하다니……. 천재도 아닌 내가, 가능할까? 태어나면서 금수저가 있듯이, 두뇌에도 전혀 다른 차원이 있다던데, 천재도 금수저만큼이나 노력으로 이기기는 어렵지 않을까?

옛날 옛적에

"지온아, 효원루로 올라와라."

다음 날 아침, 문밖에서 들리는 할아버지 목소리에 밥을 크게 뜨기 시작했다. 연준 형은 시제가 끝난 다음 바로 서울로 간다고 했으니, 만날 시간은 지금밖에 없었다. 할아버지가 서둘러 집을 나섰다. 아빠는 젓가락으로 총각김치를 집으며 고개를 절레절레 저었다.

"아버지는 남의 집안 시제를 왜 끝까지 지키시는 거야?"

"아빠, 시제가 뭐야?"

지혜도 나처럼 궁금한 모양이었다. 어제 문화 회관에서 보니 제사는 맞는 것 같았는데 모인 사람들이며 음식 양이 기제사와는 규모가 달랐다.

"효원 홍씨 사람들이 다 같이 모여서 지내는 제사. 향화리가 원래 홍씨 집성촌인 데다 중시조 사당이 있어서 여기로 모인다더라고."

"중시조는 뭔데?"

"시조는 처음 조상님, 중시조는 중간에 집안을 일으킨 조상님."

"처음 조상님? 우리 처음 조상님은 단군 할아버지 아냐?"

지혜의 농담이 너무 재미없어서 국을 뿜을 뻔했다.

"이지혜, 정말 재미없어. 그런데 연준 형은 왜 온 거예요?"

"바보야, 그 오빠도 여기 홍씨니까 온 거지. 홍연준이잖아!"

"그걸 모르냐? 거의 할아버지들만 왔으니까 묻는 거지."

"연준이 말고 초중고생 합쳐서 몇 명 더 왔어."

엄마가 대신 대답해 줬다. 그러자 아빠가 고개를 갸웃거렸다.

"그런데 연준이는 왜 일찍 왔지? 그 녀석 고등학교 때부터 거의 보기 힘들었는데? 대학 가고 나서는 아예 발길 한번 안 한다고 욕하는 사람도 있었다고."

"뭔 욕씩이나?"

"그건 아니지. 아무리 공부를 한대도 설이나 추석 때 한 번도 안 오는 건 좀 그렇지. 아저씨, 아주머니도 아들만 기다리는데."

"보고 싶으면 엄마랑 아빠가 형을 만나러 가면 되잖아?"

내 말에 아빠는 한숨을 쉬며 엄마에게 하소연하듯 말했다.

"애 좀 보라고, 여보……. 이래서 내가 축사 일도 시켜야 한다고 하는 거라고. 축사가 어떻게 돌아가는지 한번 봐야 저런 말 안 하지. 우유 귀한 줄도 알고 말야."

한심해하는 아빠의 말투에 나는 반박했다.

"나도 우유 귀한 줄 알아."

"알긴 뭘 알아? 소 뒤치다꺼리를 얼마나 해야 하는데……. 아들이 보고 싶어도 며칠씩 축사를 비울 수는 없단다."

내가 입술을 비죽이자 엄마가 화제를 바꿨다.

"이번에는 장학금 때문에 온 거라던데? 시제 끝나고 연준이한테 특별 장학금을 준대. 그래서 일찍 인사하러 온 거라고."

"서울대생이라고 특별 장학금인가?"

아빠가 마음에 안 든다는 표정을 지었다. 나는 새삼 연준 형이 대단해 보였다.

"형, 유학 간대. 형은 서울대 전교 1등인가?"

한창 감탄하고 있는데 지혜가 큭 웃었다.

"서울대에 웬 전교 1등? 이지온, 바보."

아빠가 고개를 끄덕였다.

"연준이가 똑똑하긴 했지. 다들 의대 가라고 했는데, 다른 과를 가서 실망은 했지만. 그래도 이번에 월급 받고 간다더라. 교수가 꼭 데리고 간다고 해서."

"월급도 받는데, 왜 장학금까지 줄까? 그 돈을 다른 학생한테 주는 게 낫지 않나."

엄마는 의아하다는 표정이었다.

"월급이 나올 때까지는 먹고살아야지. 연준이네가 형편이 안 좋거든. 재작년에 축사에 불나고 여태 회복 안 되었잖아."

아빠의 말에 연준 형이 좀 바보 같다는 생각이 들었다. 외국에서 월급을 받을 정도로 대단하면 차라리 의대에 편입하는 게 낫지 않을까? 집안이 그렇게 어렵다면 말이다.

"아무튼 이번에 한 천만 원 모았다나 봐. 아주머니들은 말이 좀 많더라고. 왜 공부 잘하는 놈한테만 주느냐고 말이지."

"그러니까. 장학금이라는 게 다 그런 식이야. 마음에 안 들어."

아빠가 다시 열을 낼 것 같아서, 나는 그릇을 싱크대에 갖다 놓고 얼른 효원루 쪽으로 달려갔다.

○ ○ ○ ○ ○

"……하여 효원 홍씨 31대손 홍연준에게 장학금을 지급하고 장학 증서를 드립니다."

효원루는 양복과 한복을 입은 사람들로 둘러싸여 있었다. 효원루에 사람이 이렇게 많이 모인 것은 처음 보았다. 연준 형이 증서를 받자 사람들이 박수를 쳤다. 연준 형이 마지막 순서였는지 의자에 앉아 있던 사람들이 엉거주춤 일어서기 시작했다. 어떤 아주머니가 형의 팔을 잡았다.

"연준이, 바로 간다고?"

"네."

형은 공손히 대답했다.

"유학 가기 전까지는 집에 있지. 엄마가 서운해하시겠다."

"교수님이 시킨 일이 있어서요."

"그러면 할 수 없겠네."

아주머니가 한 발 뒤로 물러서는 틈을 타 나는 형에게 다가갔다.

"형!"

주변 아저씨들이 형에게 말을 걸려다 말았다.

"어…… 너구나?"

연준 형의 눈빛에 반가운 기색이 살짝 보였다.

"형, 지금 바로 미국으로 가는 거예요?"

"아니, 서울."

"그런데 진짜로 장학금이 천만 원이나 돼요?"

"응."

왠지 가슴이 두근거렸다.

"장학금은 어떻게 받은 거예요? 저도 받을 수 있을까요?"

"아니."

형은 너무나 쉽게 안 된다고 말했다. 여태껏 내 성적으로 안 된다는 말을 들은 적은 별로 없었는데…….

"왜요? 제 성적도 모르잖아요."

"이건 문중 장학금이니까."

"문중?"

"성적이 아무리 좋아도 효원 홍씨가 아니면 받을 수 없어. 아니다, 올해부터는 어머니가 효원 홍씨면 된다던데, 혹시 너희 어머니가 효원 홍씨니?"

엄마 이름은 박수진.

"헐, 너무해요. 홍씨만 주다니, 차별 아니에요?"

"홍씨 어른들이 돈을 모아서 홍씨 학생들에게 주려고 만든 거니까. 주는 사람 마음 아닐까?"

형 말대로 주는 사람 마음. 그렇지만 이 세상에 홍씨만 사는 것도 아닌데……. 다 같은 단군 할아버지 자손이라고 할 때는 언제고……. 그때 연준 형이 뜻밖의 말을 했다.

"홍씨 말고도 학생들에게 장학금을 주는 가문이 꽤 있어. 너네도 있을지도 모르지. 넌 어디 이씨니?"

순간, 기분이 확 좋아졌다. 그렇다, 나도 어디 이씨다. 그런데 어디 이씨더라…….

"그거…… 본관 말하는 거죠? 아…… 알았는데! 평주동 이씨는 확실히 아니에요."

형이 길바닥의 돌을 발로 차면서 피식 웃었다.

"큭큭, 나도 너 같았어. 처음 장학금 받기 전까지 본관도 몰랐거든. 매일 효원루에 참새 잡으러 다녔는데도 말이지. 초등학교 졸업할 때, 10만 원을 받고 나서야 본관이 효원이고, 파는 남상공파고, 항렬자는 준이고…… 이런 걸 외웠지."

"효원루? 아아, 그래서 효원루구나! 그런데 파는 뭐고, 항렬자는 뭔데요?"

"남상공이라는 시호를 임금님이 내려 줬는데, 그분이 우리 가문에서는 유명했던 분이라 남상공의 자식들을 중심으로 족보를 나눈 거야. 효원 홍씨지만 유명한 조상을 중심으로 파가 몇 개 있는 거지. 그리고 항렬자라는 건…… 우리 아버지와 큰아버지와 작은아버지의 자식들끼리는 다 사촌이잖아. 그 사촌들을 전부 가로로 한 줄이라고 생각하는 거야. 그 사촌들이 자식을 낳으면 세로로 줄이 생기고 그

자식들을 모아 또 가로로 한 줄이 생기는 거야. 그 자식들이 또 자식을 낳고 또 낳고……. 한 집에 두 명씩이라고 해도 세로줄이 많이 생길수록 가로줄은 점점 길어져서 그 수가 엄청날 테니까, 나중에는 누가 내 친척인지 헷갈리겠지. 그래서 옛날에는 가로줄마다 같은 글자를 이름에 하나씩 넣어서 구별을 한 것 같아. 얼굴을 처음 봐도 효원 홍씨에 같은 항렬 글자, 그러니까 나처럼 '준' 자를 가진 사람이 있으면 그 사람과 나는 친척이고 같은 줄이라는 것을 알게 되는 거지. 우리 사촌들을 봐도 다 '준' 자가 들어 있어. 사촌 누나는 혜준, 사촌 남동생 이름은 선준. 우리가 아이를 낳으면 아마 '걸' 자를 넣어야 할 거야."

"우연히 '준' 자를 쓴 사람이 있을지도 모르잖아요."

"그래서 족보가 있는 거지. 어르신들은 족보를 찾아보면서 금방 조카, 할아버지, 이렇게 아는 체하시더라고."

"우리도 있으면 좋겠다, 문중 장학금."

"라일고를 가고 싶어서?"

"네!"

연준 형의 표정이 흐려졌다.

"문중이라고 다 장학금을 주는 건 아니야. 금액도 많지 않고. 내가 서울대 입학했을 때 100만 원 받은 게 최고였으니까. 고등학교 때는 15만원. 그 정도로 라일고는 무리 아냐?"

형의 말을 들으니 희망이 사라진 느낌이었다. 15만 원으로는 한 달 급식비도 해결이 안 될 거다. 역시 라일고는 포기하고 죽어라 정시만 노려야 할까? 아직 고등학교 입학도 안 했는데, 처음부터 넓은 문을 포기해야 하다니, 억울하다. 정시는 수시를 다 뽑고 나서 억지로 몇 명만 뽑는 건데, 벌써부터 그래야 하나? 산으로 둘러싸인 시골로 이사 왔다는 이유로?

"일단 알아봐. 효원 홍씨는 부자도 별로 없고, 유명한 사람도 없어서 장학금이 짠 거니까. 너네는 다를지도 모르잖아. 그리고 라일고 말고 과학고 같은 덴 어때? 거기는 학비 걱정 덜 해도 될 텐데. 장학금 기회도 더 많고 말이야."

"하지만 과학고는……. 전 의대에 갈 거예요."

"아, 그러면 안 되겠구나. 과고 장학금은 의대 가려는 애들한테 주는 건 아니니까. 역시 비싸지 않은 학교에 다니면서 정시 준비를……."

"싫어요, 아직은……."

"그럼 다른 장학금을 알아봐. 이씨는 성이 흔하니까 유명한 사람도 많을 테고. 맞다, 이씨 중에 재벌도 꽤 있지 않아? 전주 이씨면 왕족이니까 혹시 또 모르지."

"왕족은 아닌 게 확실해요. 사극 볼 때 물어본 적 있어요. 문중 장학금이니까 할아버지한테 물어볼까요?"

연준 형은 고개를 저었다.

"할아버지가 시제에 안 다니신다면서? 그냥 검색해. 장학금 주는 문중은 홈페이지도 있으니까."

"홈페이지도 있어요? 거기에 뭐가 있어요?"

"그냥…… 족보 같은 게 있지."

"우리 이씨네도 홍씨네처럼 장학금 주면 좋겠다."

"행운을 빈다. 나 이제 갈게. 집에 들렀다가 바로 떠나야 해서."

연준 형은 피식 웃으며 나에게 작별 인사를 건넸다.

"헤헤, 형. 유학 가도 한번은 집에 오죠? 설날이라든가……."

"글쎄…… 몇 년 뒤에?"

"좋아요. 그럼 내가 형 후배가 되어 있을게요. 서울대에서 만나요."

"오더라도 학교를 다시 갈 일은 없을 것 같지만, 아무튼 잘해 봐라, 이씨."

형이 웃으며 손을 흔들고는 비탈을 내려갔다.

○ · · · · ○

연준 형을 배웅하고 나서 단번에 비탈을 뛰어올랐다. 열린 대문으로 뛰어드는데, 툇마루에 앉아 떡을 먹고 있던 지혜가 깜짝 놀란 표정으로 나를 쳐다보았다. 어울리지 않게 소반에는 책이 한 권 놓여 있었다. 평소 같았으면 신기해서라도 뭐냐고 물어봤겠지만, 지금은 그럴 시간이 없었다.

"뭐야, 집에 있는 줄 알았는데, 나갔었어?"

지혜가 떡 반 소리 반으로 말했다. 말에 팥떡이 붙어서 뭐라고 하는지도 잘 들리지 않았다. 지혜가 갑자기 떡 한 덩이를 내 입에 욱여

넣었다. 책 위로 떨어진 흰 팥앙금을 보며 얼굴을 찌푸렸다.

나는 불가사의한 일을 믿는다. 왜냐하면 내가 이지혜랑 엄마 배 속에서부터 함께였다는 것 자체가 불가사의니까. 닮은 점도 없고, 닮고 싶은 점도 없는 이지혜와 나. 고개를 절레절레 흔들며 지나치는데, 지혜가 또 딴지를 걸었다.

"야, 왜 대답 안 해? 무시하는 거냐?"

무시하려다 갑자기 지혜도 같은 이씨라는 것이 떠올랐다. 굉장히 비합리적인 추측이지만, 지혜가 본관에 대한 정보를 갖고 있을 가능성이 0.1퍼센트는 있었다. 마침 지혜도 떡을 꿀꺽 삼킨 참이었다.

"너, 우리 본관 어딘지 알아?"

"그것도 모르냐? 운동장 정면에 있는 건물이 본관이잖아."

"아니, 그 본관 말고. 무슨 무슨 이씨 할 때 말이야. 우리 무슨 이씨야?"

지혜 얼굴에 자랑스러움과 비웃음이 가득했다.

"아, 그거? 넌 그것도 몰랐냐? 우리 본관은 장동이지. 장동 이씨."

잘난 체하는 지혜를 버려두고 얼른 내 방으로 올라갔다. 그러고는 떨리는 마음으로 컴퓨터를 켰다.

장동 이씨.

있었다! 연준 형의 말대로 장동 이씨 홈페이지가 있었다. 얼른 들어가서 홈페이지를 구경했다. 홈페이지는 예쁘지 않았다. 궁서체로 된 메뉴 바에 세계도니 종파니 하는 이상한 말만 있었다. 그나마 아는 단어라고는 연준 형이 말한 족보와 항렬, 그리고 공지였다. 두근거리는 마음으로 공지를 눌렀다. 그러자 마치 기다렸다는 듯이 팝업 창이 팍 하고 떴다.

　제31회 장원 영재 장학금 신청 공고!

자기소개서

"저는 모지 중학교 3학년 1반 이지온입니다. 중학교 2학년까지 평주시에 있는 평주 중학교에 다녔습니다. 중학교 1학년 1학기 때까지는 반에서 잘하는 수준이었지만, 의사가 되기로 결심한 다음부터는 전교 1등을 했습니다. 제 계획은 열심히 공부해서 라일 고등학교에 수석으로 입학한 다음 서울대 의대에 들어가는 것입니다. 그런데 엄마랑 아빠가 이사를 하는 바람에 라일 고등학교에 가기가 힘들어졌습니다. 바로 등록금과 기숙사비 때문입니다. 저는 한번 결심하면 꼭 해내는 사람입니다. 그래서 문중 장학금이 꼭 필요합니다. 솔직히 장동 이씨라는 것도 이번에 처음 알았지만, 홈페이지에서 훌륭한 조상님이 많다는 것을 보고 자랑스러웠습니다. 저도 나중에 유명한 의사가 되어서 장학금을 줄 수 있는 부자가 되고 싶습니다. 제가 의사가 될 수 있도록 꼭 뽑아 주세요……."

컴퓨터 앞에 한참 앉아 있다가 결국 '임시 저장'을 클릭했다. 아무리 해도 뭘 더 써야 할지 알 수 없었다.

'하아…… 차라리 시험을 보면 안 되나?'

서류 심사와 면접만으로 장학금을 준다고 해서 쉬운 줄 알았는데, 신청서 쓰는 것부터 장난 아니게 어려웠다. 아니, 괴상했다. 내 이름을 한글과 한자로 쓰고 주소를 쓰고 나니 하나도 채울 수 없었다. 우선 할아버지와 아버지 이름을 한자로 써야 했고, 'ㅇ파 ㅇ대손'이라는 빈칸도 채워야 했다. 아버지와 어머니의 직업란에 농부라고 써도 뽑아 줄지 궁금했고, 집안의 재산을 쓰라는 걸 보고는 한숨이 나왔다. 엄마와 아빠가 신청서를 보면 하지 말라고 할 것 같았다. 재산은 하나도 없고 빚만 가득하다는 말을 나부터 쓰기 싫으니까. 몰래 신청할 방법을 고민하다가, 자기소개서부터 쓰자고 마음먹었다.

영재 장학금을 받아야 하는 이유를 중심으로 자기소개서를 쓰시오.

장학금을 받아야 하는 이유가 분명해서 쓰기 쉬울 줄 알았다. 하지만 이유를 다 쓰고 나니 칸이 너무 많이 남았다. 위를 보니, 2,000자를 쓰라고 되어 있었다.

'자기소개를 2,000자나 쓰라고? 그렇게 길게 자랑질을 하다간 관종 소리나 들을 텐데, 조상님들은 관종이 얼마나 무시당하는지 모르는 건가?'

하지만 별수 없었다. 이 신청서가 나의 고등학교 3년, 아니 내 미래를 결정할 텐데 불만 같은 걸 말할 시간이 없었다. 나는 눈을 부릅뜨고 모니터를 노려보았다. 하지만 아무리 화면을 들여다보아도 더이상 나에 대해, 그리고 장학금을 받아야 할 이유에 대해 쓸 수 없었다. 나는 일단 할아버지한테 모르는 것들을 물어보기로 했다.

시간을 보니 3시. 얼른 1층으로 내려갔다. 보통은 할아버지가 축사 청소를 끝내고 방에 계실 시간이다. 여든셋이나 되셨지만 잔손 가는 일들은 할아버지 차지다. 지혜가 있으면 어떻게 하나 걱정했는데, 툇마루에는 지혜 대신 아빠가 장화를 신은 채 벌러덩 누워 잠들어 있었다. 나는 할아버지 방문을 열어 보았다. 내가 좋아하는, 오래된 낙엽 같은 냄새가 났다.

"할아버지…… 안 계시네?"

솔직히 할아버지한테 가장 많이 나는 냄새는 젖소 똥 냄새지만, 나는 옛날부터 이상한 종이 냄새가 난다고 생각했다. 여기에 이사를 와서야 할아버지 방에서 나는 냄새라는 것을 알게 되었다. 나는 신문과 잡지를 들추었다. 할아버지 방 쪽문은 툇마루와 바로 연결되는데, 옛날처럼 한지를 바른 문이다. 그래서 오후에 신문지 위에 비친 햇빛이 빛이 아니라 마치 가루처럼 느껴졌다. 어쩌면 종이 냄새가 특별한지도 몰랐다. 하지만 신문지와 잡지에 코를 대도 방에서 풍기는 냄새는 나지 않았다. 나는 먼지 한 톨 없이 깔끔한 방을 둘러보았다. 누구보다 일찍 일어나는 할아버지는 새벽마다 손수 방바닥을 훔친다. 할아버지의 엄마, 그러니까 증조할머니가 장사를 하러 나갈 때가 많아서 어릴 때부터 할아버지가 집안일을 했다고 했다.

할아버지는 다섯 살 때 한자를 알 정도로 똑똑했는데, 집이 너무 가난해서 학교에 못 갔다고 했다. 못 배운 한 때문인지 할아버지는 학교 성적이 나쁜 아빠를 자주 혼냈단다. 아빠가 자동차 기술을 가르치는 전문 대학에 갔을 때는 등록금을 대 주지 않겠다고 해서 아빠가 집을 나오기까지 했다. 다행히 아빠가 엄마를 만나 결혼할 즈음에는 화해했다지만, 할아버지랑 아빠는 여전히 서먹해 보인다.

"부자 간에 서로의 취향을 존중해 주면 좋을 텐데."

축사 청소 때문에 싸우는 할아버지와 아빠를 보고 엄마는 이렇게 말했다.

"깨끗하면 좋은 거 아니에요?"

솔직히 나는 할아버지 편이었다. 젖소를 키우는 축사는 깨끗할수록 좋으니까.

"아냐, 할아버지는 좀 병이야. 축사 문을 닫을 때까지 젖소 똥이 보이면 안 된다니까? 그러니까 아빠는 젖소들이 뿌지직 하기 전에 잽싸게 축사 문을 닫아야 하는데, 60마리나 되는 젖소들이 한꺼번에 똥꼬를 닫을 수는 없잖아. 그러니까 싸울 수밖에 없는 거지. 끅끅끅 끅……."

지혜가 이상한 소리를 내며 웃자, 엄마도 쓴웃음을 지었다. 축사에 한 번도 가 본 적 없지만 할아버지를 보며 웃고 싶지는 않았다.

할아버지가 아니었다면, 지금쯤 우리는 어떻게 되었을까? 산호 자동차는 결국 망해 버렸다. 평주 공장만 문을 닫은 게 아니라, 외국 회사에 팔려서 아예 이름까지 사라져 버렸다. 아빠가 거기에 있었으면 햇볕에 타 검붉어진 얼굴로 싸우고 있을 것이다. 그리고 어차피 아파트도 팔 수밖에 없었을 것이다. 아파트를 팔고 급한 빚을 갚고 나면 평주에는 우리가 살 만한 아파트가 없다고 엄마가 걱정했었다. 이사 오기는 싫었지만, 할아버지 집이 아니었다면 지금쯤 어디에서 살고 있을지 상상이 안 되었다. 어디라도 평주에만 있으면 좋겠다고 했지만, 엄마랑 지혜를 생각하면 지금이 낫다. 라일고와 멀어지는 것은 어쩔 수 없는 운명이었나…….

우리는 새집이 생겼지만, 할아버지 집은 긴 복도가 생긴 것 말고는 변한 게 없다. 할아버지는 돈만 쓰고 손해만 봤다고 할 수 있다. 그러니까 아빠도 할아버지의 취향을 따라 주면 좋을 텐데…….나는 할아버지 방 쪽문을 열고 축사 쪽을 보았다. 축사뿐 아니라 집 안 팎이 다 조용했다. 아무래도 할아버지는 집에 안 계신 것 같다. 나는 동네를 돌아보기 위해 마루로 나갔다.

"크억, 지온이냐?"

발기척에 놀란 듯 아빠가 눈을 번쩍 떴다.

"아빠, 씻고 자."

"아냐, 아빠 안 잤어."

"할아버지는?"

"안 계셔……? 왜?"

흐릿한 아빠 눈이 아직도 졸려 보였다. 대답하는 대신 그냥 신발을 찾아 신었다. 아빠는 장화를 벗고 툇마루로 다시 올라갔다. 젖은 양말 자국이 마루에 선명히 찍혔다.

"아빠, 양말 벗어. 오늘은 지혜가 청소하는 날이란 말이야."

"어? 어……. 할아버지는 문화 회관에 계실 거다. 천렵한다고 했 거든."

"천렵이 뭐야?"

"개울에서 물고기 잡아서 매운탕 해 드신다고 했어. 지온아, 올 때 수제비 한 그릇 얻어 와!"

얻어 오라니……. 아빠는 대답도 듣지 않고 안으로 들어갔다. 보나마나 바로 소파에 누워 자 버릴 거다.

"할아버지……."

"어, 지온이가 웬일이냐?"

문화 회관에 들어가자 어디선가 군침 도는 냄새가 났다. 한 할아버지가 화투를 내려놓으며 나를 보았다.

"얘가 자네 손주야? 언제 이렇게 컸어? 지온아, 매운탕 한 그릇 퍼 주랴?"

"밥 먹었을 텐데, 뭘. 지온아, 이리 와서 인사 드려라. 할아버지 친구들이야. 애가 공부밖에 몰라서 허여멀겋다네."

할아버지는 흐뭇하게 내 어깨를 두드렸다.

"전교 1등만 한다며?"

"그래 보이는구먼. 눈이 초롱초롱한 게 우리 작은집 연준이하고 비슷해."

"연준이하고 댈 정도라고? 연준이는 신동 소리를 들었지."

"그래도 전교 1등을 한 적은 없지 않아?"

"고등학교 때는 문촌 정 서방네 셋째한테 밀려서 그랬지. 연준이 어미가 어찌나 분해하던지……."

"그래도 둘 다 서울대 갔으면 된 거 아닌가? 게다가 연준이는 유학까지 가고 말이야. 역시 자식이 똑똑해야 집안도 빛이 난단 말이지."

"그럼, 그럼."

할아버지들은 내가 있다는 사실을 잊어버린 것 같았다. 나는 하는 수 없이 할아버지 옷자락을 끌어당겼다. 그제야 할아버지가 돌아보았다.

"할아버지, 여쭤볼 게 있어요."

할아버지는 고개를 끄덕이며 나를 따라 회관 밖으로 나왔다.

"왜, 안에서 이야기하면 안 되는 거였냐?"

"음…… 쫌 비밀이라서요."

"비밀? 용돈 필요해?"

나는 고개를 저었다.

"장학금 신청하려고 하는데, 할아버지 도움이 필요해요."

"내가 도움이 된다니, 무슨 장학금이기에……."

"장동 이씨 중에 공부 잘하는 중학생한테 장학금을 준대요."

할아버지 눈이 커졌다.

"장동 이씨? 우리 문중 말이냐?"

"네. 제가 홈페이지에서 알아냈어요. 그런데 할아버지랑 아빠 한 자 이름을 알아야 해요. 할아버지는 아시죠?"

"그럼! 당연히 알지!"

나는 고개를 저으며 쪽지를 내밀었다.

"그리고 무슨 파 몇 대손, 이것도 쓰라고 되어 있는데, 모르겠어요."

"가만있어 보자, 내가 34대니까 승준이가 35, 네가 36대손이구나. 너는 장동 이씨, 문성공파 36대손이다. 그런데 정말 이것만 알면 장학금을 준다고?"

"아뇨. 성적 증명서도 필요한데, 그건 전에 학교에서 떼어 와서 괜찮아요."

"그래, 한자는 어디에 써 주라?"

나는 얼른 수첩을 내밀었다. 할아버지는 이름을 한자로 쓰다가 나를 물끄러미 보았다.

"그런데 왜 비밀로 하는 거냐?"

"안 되면 창피하잖아요. 그리고 엄마랑 아빠는 제 계획을 별로 안 좋아하거든요."

"뭐기에?"

"전 라일고를 가고 싶은데 거기는 기숙사 생활을 해야 하거든요. 엄마랑 아빠는 내가 떨어져 사는 게 싫대요. 학비도 많이 들고요. 하지만 장학금을 받으면 뭐라고 하지는 않을 것 같아요."

"그런 고등학교가 있어? 그런데 월사금이 얼마나 든다고 고등학교를 못 가? 요즘 세상에 학비가 없어서 고등학교를 못 가는 경우가 어디 있어?"

"그냥 고등학교가 아니라서 그래요. 자사고거든요. 라일고는 평주에 있는 학교인데요, 지방에서는 아마 서울대를 제일 많이 갈걸요? 대신에 돈이 많이 들어요. 하지만 엄마 아빠 사정은 할아버지도 아시잖아요. 그러니까 장학금을 받아야 돼요."

할아버지의 입가가 할 말이 있는 듯 실룩거렸지만, 이내 일자가 되었다.

"제가 장동 이씨라서 정말 다행이지 뭐예요? 연준이 형이 문중 장학금은 많이 주지 않는다고 해서 기대를 크게 안 했는데, 여기는 돈을 엄청 많이 줘요. 유학 가면 유학비도 준다고 써 있어요. 장동 이씨 집안은 정말 금수저인가 봐요. 작년 성적만 내면 된다니까, 자기소개서만 잘 쓰면 백 퍼센트 받을 거예요."

"그래?"

"그럼요. 올 A는 저랑 상준이밖에 없었거든요. 장학금 받으면 서울대 의대에 가서 1등 할 거예요. 그러면 거기서도 장학금 받고 공부할 수 있을 거고, 졸업하면 성형외과 의사가 되어서 돈 많이 벌려고요. 그래서 장동 이씨 문중에도 기부할래요. 저처럼 라일고 같은 데 가고 싶은 아이들을 위해서요."

나는 할아버지가 기뻐하기를 바랐지만, 할아버지는 시무룩한 표정으로 수첩에 한자를 써 주었다.

藏洞 李氏 文成公派 三十四代孫 李純元

장동 이씨 문성공파 34대손 이순원.

藏洞 李氏 文成公派 三十五代孫 李承濬

장동 이씨 문성공파 35대손 이승준.

藏洞 李氏 文成公派 三十六代孫 李智溫

장동 이씨 문성공파 36대손 이지온.

"다른 건 안 필요하고?"

"아, 주민 등록 등본, 초본이랑 가족 관계 증명서가 필요하대요. 할아버지가 받아다 주시면 안 될까요? 전 미성년자라 신청할 수가 없어요."

"오냐, 알았다. 그 정도야 금방 하지."

할아버지는 수첩을 내게 밀어 놓고는 회관 마당 그늘에 서 있는 소형 트럭 쪽으로 갔다. 당장 필요하다는 말은 아니었는데, 이럴 때 보면 내 성격이 급한 것은 할아버지를 닮은 것 같았다.

결격 사유

　저희 〈장원 영재 장학금〉 사업에 관심을 가져 주셔서 감사드립니다. 그러나 이 사업은 장동 이씨 자손의 인재를 후원하기 위한 사업으로, 귀하는 장학금 관리 규정 제3조 1항, 2항에 따라 심사 대상이 아님을 알려 드립니다.
　※ 장학금 관리 규정 제3조
　1항. 타성은 심사 대상에서 제외한다.
　2항. 기준은 장원보(藏元譜)의 기록에 따른다.

　세 번이나 읽어 봤지만 정확히 무슨 말인지 이해가 잘 되지 않았다. 아니, 중요한 내용은 확실히 전달되었다. 그러니까 결론은 내가 장학금에서 떨어졌다는 말이다. 그런데 심사 대상이 아니라는 말이 이해되지 않았다. 심사도 하지 않았다고? 왜? '장동 이씨 자손을 위한 사업'이라는 말은 나 같은 애들한테만 장학금을 주겠다는 말 아닌가? '타성'의 '타'는 '타인' 할 때의 타(他) 자일 것 같았다. 그러니까 박상준은 안 되고 나는 된다는 말. 이 조건이 아니었으면 나는 백 퍼센트 받을 거라고 확신할 수 없었을 것이다. 장동 이씨만 준다는 말 덕분에 경쟁자가 마구마구 줄었으니까. 인터넷에 쳐 보니 장동 이씨는 다른 이씨보다 인구도 적었다. 그러니까 학생은 훨씬 더 적을 것이다. 장학금도 두 명밖에 안 주기는 하지만, 뽑힌 사람들을 보니 전교 1등이 아니면 무슨 콩쿠르 같은 데에서 1등을 한 아이들이었다. 확률상, 장동 이씨 집안에 태어난 학생 중에 성적까지 최고인 아이가 두 명 이상일 것 같지는 않았다. 받을 사람이 없어서 안 준 해도 실제로 있었으니까. 그런데 탈락이라니, 그것도 심사 대상이 아니라니……. 처음에는 너무 열받아서 컴퓨터를 던져 버릴 뻔했는데, 침대에 누워 멍하니 천장을 보니 정신이 맑아졌다. 그리고 기분이 나아졌다.

"그래! 오히려 다행이네."

심사를 해서 떨어졌다면 장동 이씨 중에 나보다 공부를 잘하는 아이가 세 명 이상이었다고 받아들일 수밖에 없다. 하지만 심사 대상이 아니라고 했으니, 주최 측의 실수일 가능성이 크다. 그러니 기회가 완전히 사라진 것은 아니다.

'그런데 장원보가 뭐지?'

다른 것은 한자를 찾아보며 뜻을 알아냈는데, 이것만은 알 수 없었다. 하는 수없이 인터넷을 뒤졌다. 그랬더니 바로 장동 이씨 홈페이지가 떴는데, 귀찮게도 모바일로는 열리지 않았다. 나는 몸을 일으켜 컴퓨터를 켰다.

장원보는 인터넷 족보였다. 접속 후 내 이름을 치니 검색 결과가 없다고 나왔다.

'족보에는 살아 있는 사람은 없는 건가? 아니, 연준 형이 살아 있는 사람도 있다고 했는데…….'

혹시 몰라 비워 두었던 '대손'이라는 글자 앞의 네모 칸에 '36'이라고 입력했다. 또 검색 결과가 없다고 할까 봐 걱정했는데, 팝업 창이 생겼다.

33대부터는 정회원만 검색할 수 있습니다. 회원 가입을 하시겠습니까?

힘이 쭉 빠졌다. 회원 가입은 귀찮다. 학생은 안 되는 사이트가 수두룩하니까. 그렇다면 도와줄 사람은 한 사람뿐. 나는 할아버지에게 전화를 걸었다. 하지만 아무리 기다려도 통화가 연결되지 않았다. 시간을 보니 9시, 아직 축사에서 안 나오신 것 같았다. 영문법 문제나 풀면서 기다릴까 했는데, 역시 기다릴 수가 없었다.

축사 쪽으로 가니 벌써부터 소똥 냄새가 나기 시작했다. 나도 모르게 손가락으로 코를 막다가 얼른 내려놓았다. 할아버지 앞에서 똥 냄새가 난다고 하면 안 된다. 할아버지는 나와 지혜만큼이나 소들도 예뻐하니까. 공부 잘하는 걸 세상에서 제일 좋아하는 할아버지가 지혜에게도 나와 똑같이 용돈을 주는 이유는 지혜가 축사에 자주 가기 때문일 것이다. 지혜는 주말에는 새벽 6시에 일어나 아빠와 할아버지가 있는 축사에 가서 일을 돕는다. 사실 지혜가 중 3이라는 걸 생각한다면 절대 칭찬할 일이 아닌데, 지혜는 사람을 홀리는 요상한 재주가 있어서 진짜 중요한 사실을 잊게 만든다.

'그래 봤자 자기 손해지. 고등학교 갈 때 울고불고할 게 뻔해.'

축사 안으로 들어가야 하나 고민하고 있을 때, 다행히 할아버지가 밖으로 나왔다.

"할아버지!"

할아버지 얼굴이 환해졌다.

"지온이가 축사엔 웬일이냐? 송아지 보고 싶어서 왔어?"

"아…… 송아지 수유 시간이에요?"

"아니, 여태 안 멕이면 안 되지."

"그럴 줄 알았어요. 할아버지도 간식 드시러 가요."

"그 말 하려고 왔어?"

"그게…… 장동 이씨 족보를 보려고 하는데, 할아버지 아이디가 필요해서요."

"아이디가 뭐냐? 영어인 모양인데."

"영어로 정체성이라는 뜻인데, 그냥 회원 가입할 때 쓰는 이름 같은 거예요. 장동 이씨 홈페이지에 가입하려면 할아버지 주민 등록 번호가 필요해요."

"장학금이라면 할아비가 등기로 보냈는데, 서류가 잘못되었대?"

할아버지 얼굴에 수심이 깃들었다. 등기 영수증을 들고 몇 번이나 잘 도착했는지 확인해 보라고 하셨던 것이 생각났다.

"잘 도착했어요. 답멜도 왔는데요?"

"답멜?"

"답장 편지요."

"오, 그래!"

할아버지 표정에 기대가 가득했다.

"그런데…… 그쪽에서 실수를 한 것 같아요. 그래서 확인을 좀 해 보려고요."

"장동 이씨 문중에서 실수를 했다고?"

"제가 심사 대상이 아니래요."

집으로 가는 비탈을 오르던 할아버지가 허리를 펴며 우뚝 멈췄다.

"그게 무슨 말이야?"

"할아버지도 이상하죠? 제가 여러 번 읽어 봤는데요, 타성이라서 심사 대상이 아니라고 써 있었어요."

"타성? 타성바지라 안 된다는 게 무슨 말이야? 네가 어째서?"

나는 노트북을 켜 놓은 툇마루를 가리켰다.

"할아버지도 이상하죠? 회원 가입만 하면 금방 알아볼 수 있어요. 족보에서 제 이름을 확인하고, 문중에다가 말하면 될 테니까요."

"그러면 되는 거야?"

"그럼요."

"혹시 집안 내력 같은 걸 조사한 건 아니고? 일부러 널 떨어뜨렸을 수도 있잖아."

할아버지의 발걸음마다 걱정으로 땅이 푹푹 패었다.

"일부러 왜요?"

"혹시…… 출세한 집안에 준다든가……."

"에이, 그런 반칙을 하진 않겠죠. 그것도 같은 장동 이씨끼리."

"그렇겠지."

할아버지가 고개를 끄덕이며 비탈을 올랐다. 나는 얼른 할아버지 팔을 잡아당겼다.

할아버지가 툇마루에 앉자마자 나는 홈페이지에 접속했다. 그러고는 할아버지 이름과 주소 등을 재빠르게 쳐 내려갔다.

"할아버지, 이제 주민 등록 번호 알려 주세요."

"3601……."

"헤, 36? 할아버지, 1936년에 태어나셨어요?"

"왜?"

"36이면 광복 전이잖아요. 와, 일제 강점기 때 태어난 사람은 처음이에요."

"처음은, 녀석도. 저 아래 문화 회관에만 가도 다 할아비 친구들인데……."

1945년 이전 사람들은 역사 속에만 있는 줄 알았는데, 문화 회관의 할아버지, 할머니 들이 까마득히 오래전에 태어난 분들이라니……. 1936년생이라는 말은 할아버지가 독립투사들이 감옥에서 고문당하던 시절에도 살았다는 증거다. 도무지 실감이 안 나는데 컴퓨터는 순순히 할아버지를 인증해 주었다.

"할아버지, 아이디는 그냥 퍼스트로 했어요. 영어밖에 안 돼서요."

"퍼스트가 뭐야?"

"첫 번째란 뜻이에요. 우리 집에서는 할아버지가 대장이니까요."

할아버지가 허허 웃으시는 동안 나는 곧바로 장원보로 들어가 인물 검색을 눌렀다.

이순원. 검색 결과 세 명이 나왔다. 하지만 괄호 안에 각각 14, 18, 23이라는 숫자가 붙어 있는 것이 불길했다. 할아버지가 뭐냐고 물으시는데, 나는 아무 말 없이 맨 위의 이순원(14)부터 클릭했다. 그러자 한자 이름으로 빼곡한 도표가 나왔다. 아버지 이름 밑에 자식들, 그 자식들 이름 밑에 또 자식들…… 눈을 크게 뜨고 들여다보니, 중간쯤에 이순원이라는 이름이 있고, 바로 위에 그분의 아버지 이름이 써 있었다. 나는 그 이름을 가리키며 할아버지를 보았다.

"할아버지, 할아버지의 아버지 이름이 이거예요?"

할아버지가 고개를 저었다. 이번에는 18이라는 숫자가 붙은 이순원을 클릭했다. 하지만 거기에도, 23이 붙은 이순원 위에도 할아버지의 아버지 이름은 없었다.

"할아버지 아버지 이름이 뭔데요?"

"너희 증조할아버지 존함은 이 헌 자, 석 자 어르신이시다. 이헌석 (李憲錫)."

나는 혹시나 하고 '이헌석'을 쳐 보았다.

이헌석은 두 명이 있었는데, 그중 한 명이 '33'이라는 숫자를 달고 있었다. 나는 이번에야말로, 라는 생각으로 얼른 이름을 클릭했다. 그리고 아들 자리에서 할아버지 이름을 찾았다. 하지만 언뜻 보기에도 할아버지 이름은 보이지 않았다. 할아버지가 천천히 화면을 읽어 주었다.

"이헌석. 자(子) 이성배, 자(子) 이원배, 여(女) 이경자……."

"할아버지, 자(子)라는 말이 아들이라는 뜻이죠? 여(女)는 딸이고요? 그런데 할아버지 이름이 왜 없죠?"

"다른 어른인가 보다. 나는 유복자인데 아버님께 다른 자손이 있을 리 없지."

할아버지 말씀에 뭔가 불길한 느낌이 들었다. 할아버지가 34니까, 할아버지의 아버지, 즉 증조할아버지의 숫자는 33일 것이다. 하지만 왜 할아버지 이름은 없을까? 혹시 장원보가 잘못된 것일까?

"아, 맞다. 한 사람 더 있었어요."

나는 마지막 희망을 품고 다른 이헌석(11)을 클릭했다. 할아버지가 미간을 좁히며 천천히 화면을 읽어 내려갔다.

"11이면 오래전 할아버님일 게야. 보자. 이헌석. 서(庶) 이석준, 사위 류희, 사위 김대범, 사위 한창수……. 이분은 아들이 없었구나. 그리고 서자인 이석준이라는 분 밑으로도 가지가 뻗는 걸 보면 한참 윗대 분인가 보다. 다른 분은 또 안 계시냐?"

"안 계세요. 이상하다. 제 이름을 쳐 볼까요?"

혹시나 해서 내 이름을 쳐 봤지만 검색 결과가 없었다. 아빠 이름에는 20이라는 숫자를 단 사람 한 명뿐이었다. 혹시나 이지혜도 쳐 봤는데 36, 37이란 숫자를 단 사람이 네 명이나 되었다. 하지만 클릭해 보아도 아빠 이름이나 할아버지 이름과 연결되지는 않았다.

"할아버지, 우리 가족과 연결되지 않으면 숫자랑 이름이 같아도 우리 이지혜는 아니라는 거죠?"

물어볼 필요도 없었다. 할아버지가 신발도 벗지 않은 채 내내 컴퓨터 화면을 들여다보고 있었으니까.

"장동 이씨 족보가 확실해?"

"네."

"요즘 컴퓨터에는 없는 게 없다더니……. 그런데 엉터리인 모양이다."

"엉터리요?"

"족보가 얼마나 복잡한 책인데, 기계가 실수했겠지……."

한 번도 인터넷이 잘못되었을 거란 생각을 안 했는데, 할아버지 말을 들으니 그럴 수도 있을 것 같았다. 조선 시대부터만 따져도 그동안 태어나고 죽은 사람들이 얼마나 많겠는가? 나는 잠깐의 오류일지도 모른다고 생각하며 새로 고침 버튼을 눌렀다.

천년거족(千年巨族), 장동 이씨.

"다시 검색해 보려고요. 그런데 거족이 무슨 뜻이에요? 이건 거인할 때 거 자죠?"

모니터를 뚫어져라 보던 할아버지가 무릎을 잡고 천천히 일어섰다. 할아버지는 다른 할아버지들보다 훨씬 키가 크다.

"대대로 잘살고 인물도 많이 나와서 후손이 번성한 집안이라는 뜻이다."

"유명한 사람도 많고 부자로 잘살았다는?"

"말하자면 그렇지."

"그런데 우리 집은 왜 가난해요?"

내 말에 할아버지 눈빛이 날카로워졌다. 아빠와 말싸움할 때 종종 볼 수 있는 눈빛이었다. 내가 뭘 잘못했나 싶었는데, 다행히 할아버지 눈빛이 다시 부드러워졌다.

"물려받은 것도, 배운 것도 없어서 그렇지. 나야 시대를 잘못 타고 태어났지만, 네 아비는 뒷바라지를 다 해 줬는데도……."

할아버지는 갑자기 주머니에서 휴대폰을 꺼내 화면에 대고 사진을 찍기 시작했다. 초점이 잘 맞지 않는지 각도를 달리하며 여러 번 찍었다.

"천년거족도 태평성대일 때나 하는 소리다. 나라를 뺏기고 전쟁이나 나면 사느라 바쁘지 거족이 다 뭐냐? 족보가 훌륭해 봤자 전쟁나 불타면 그만이고, 뼈다귀 훌륭해 봤자 사람 똑똑지 못하면 말짱 도루묵이지. 그래도 우리 집안엔 지온이 네가 있어서 할아비가 든든하다. 너 같은 자손 없으면 집안 망하는 거 순식간이란다. 그런데 문중에서는 이 컴퓨터가 맞다고 고집을 부리는 거냐?"

"아직 안 물어봤어요. 우선 알아본 다음에 항의하려고 했거든요. 그런데 왜 족보에 이름이 없을까요?"

생각지도 않게 한숨이 나왔다. 할아버지는 나를 보더니 벌떡 일어서서 방으로 들어갔다.

"족보라면 할아비도 있다. 내 원 참, 잘못할 게 따로 있지. 멀쩡한 집안사람을 아니라고 하다니, 그것도 장학금같이 중요한 일을 하는 사람들이……. 할아비가 금세 바로 해 놓을 테니 걱정 마라."

할아버지는 방에서 작은 배낭을 하나 메고 밖으로 나왔다. 할아버지가 운전할 때 늘 메고 다니는 것이었다.

"할아버지, 어디 가세요?"

"족보 틀린 거 고쳐 놓고 오마."

"지금요?"

"시간 날 때 가야지. 쪽지에다 문중 주소나 적어라. 아비한테는 저녁 소젖 짜기 전까지는 온다고 하고."

나는 할아버지 팔을 잡았다.

"할아버지, 아직 시간 있어요. 엄마가 할아버지 낮잠 주무시고 나면 점심상 차려 드리라 했어요. 오늘은 비지 등뼈 찜인데……."

"지금 밥이 문제야? 우리 손자 장학금이 달려 있는데."

할아버지는 믿을 수 없는 힘으로 나를 밀치고 소형 트럭이 주차되어 있는 창고로 걸어갔다.

공인 가족

할아버지는 시끄러운 병실에서 천장을 보고 있었다. 엄마가 조심스레 할아버지를 불렀다.

"아버님, 아범 왔어요."

할아버지가 천천히 몸을 일으켰다. 내가 얼른 다가가 침대 등받이를 올렸다.

"지온이는 왜 왔어? 공부 방해되게."

"지온이가 어제부터 얼마나 걱정을 했는데요?"

"우리 아버지 얼른 나으셔야겠네. 장손이 공부도 못 할 만큼 걱정을 하니……."

웬일로 아빠가 할아버지 기분 맞추는 말을 했다. 할아버지는 내 얼굴을 보더니 한숨을 쉬며 말했다.

"무슨 큰일이라고 다들 와? 차가 좀 망가져서 그렇지, 나는 괜찮다. 하루 누워 있었으니, 오늘 퇴원할란다."

할아버지의 말에 엄마가 아빠에게 눈짓을 했다.

"아버지, 혈압 올랐대요. 의사가 검사할 거라고 했으니까, 오늘 하루만 더 계시다 가요. 전 어미 보내고 올게요. 지온아, 할아버지 곁에 있어."

아빠는 엄마와 함께 병실을 나갔다.

"지온아, 여기 커튼 좀 쳐라."

두 사람이 나가자 할아버지가 말했다. 엉거주춤 일어나 침대 주위를 커튼으로 막자 할아버지가 손등에 꽂힌 링거 주사를 뺐다.

"할아버지!"

깜짝 놀라 할아버지 손을 잡았다. 그러자 할아버지는 내 손을 내려놓고 주삿바늘을 링거 거치대에 걸어 놓았다.

"신발 좀 가져오너라."

"할아버지, 어디 가시게요?"

"종친회에."

"거긴 어제 가시지 않았어요?"

할아버지가 얼굴을 찌푸렸다.

"회장인가 뭔가 하는 높은 양반은 청담동 어느 회사에 있다더구나. 네 아빠 올라오기 전에 얼른 나가자."

"아빠 몰래요? 제 장학금 때문이라면 퇴원하신 다음에 가도 되지 않아요?"

하지만 할아버지는 미간을 잔뜩 찡그리며 고개를 저었다.

"지금 안 가면 사람이 아주 우스워진다. 그렇게 큰소리를 쳐 났는데 안 나타나면 그치가 뭐라고 생각하겠어? 사람을 무슨 비렁뱅이

취급을 하고…….”

“그래도 나중에 가시지…….”

할아버지는 배낭을 메고 조용히 병실을 나섰다. 나는 아무 말도 못 한 채 할아버지 뒤를 종종걸음으로 뒤쫓았다.

ㅇ · · · ㅇ

택시가 내려 준 곳은 10층짜리 빌딩 앞이었다. 쭈뼛쭈뼛 건물 안으로 들어가 보았지만, 어디를 봐도 종친회라는 간판은 없었다.

“할아버지, 여기 맞아요?”

할아버지는 대답 대신 명함을 나에게 건넸다. 종친회 사무장이라는 사람에게 받은 것이라고 했다. 종친회장 이영배라는 이름 밑에 쓰인 주소는 여기가 맞았다.

“종친회 사무소가 없어?”

할아버지가 눈을 가늘게 뜬 채 벽에 박힌 글씨들을 읽다가 마침 이쪽으로 다가오는 경비원을 붙잡았다.

“이보시오, 여기 장동 이씨 종친회 사무소가 몇 층이오?”

“네? 종친……회요?”

경비원은 갑작스러운 질문에 놀란 눈치였다. 나는 얼른 할아버지 옆으로 다가섰다. 경비원이 내게 시선을 돌렸다.

“너도 같이 온 거니?”

“네.”

"여긴 1층 빼면 다 회사 건물이야. 종친회 사무소 같은 건 없어."

"하지만 여기 주소가 적혀 있었어요. 자, 보세요."

나는 경비원에게 명함을 내밀었다. 경비원은 고개를 갸웃거리더니, 어딘가로 전화를 걸었다.

"예, 여기 경비실입니다. 이 건물에 장동 이씨 종친회가 있나요? 이영배 명예 이사님이 회장님으로 되어 있어서……. 아, 7층 이사님 사무실요? 네, 그럼 거기로 연락을 해 보겠습니다."

엿들으려고 한 것은 아니었지만, 경비원의 목소리가 워낙 커서 다 들렸다. 다행히 잘 찾아온 것 같은데, 왜 회사 건물에 종친회 사무실이 있는지 알 수 없었다. 그사이 경비원이 할아버지에게 전화기를 돌려주었다. 할아버지는 몇 마디만 하고 전화를 끊었다. 그러자 경비원이 엘리베이터를 탈 수 있게 출입구를 열어 주었다.

"할아버지, 종친회장이라는 분, 아는 분이에요?"

"초면이다. 어제 내가 전화를 거니까 직접 오라 해서 간다고 했지."

할아버지 얼굴에 화가 잔뜩 나 있어서 긴장되었다. 엘리베이터에서 내리자 깔끔한 복도가 나왔는데, 아무도 없는 것처럼 조용했다.

"그러니까, 이게 이 선생님 댁의 족보란 말씀이군요."

이영배라는 이름의 종친회장은 두꺼운 책 위에 손바닥을 내려놓았다.

"그렇소."

할아버지가 퉁명스럽게 대답했다.

"하지만 말씀드렸다시피, 공식 족보는 장원보입니다."

"공식 족보는 뭐요? 그런 말은 생전 처음 들어 봤소."

"족보가 하도 많아서 말이지요……. 장동 이씨는 다행히도 몇 년
전에 대대적으로 정리를 했지요. 선대 회장님께서 기십 억 들여 만
든 정본이 바로 장원보란 말씀입니다. 그건 그렇고, 선생님이 가져
오신 이 족보는 몇 년도에 만든 건지 아십니까?"

"우리 어머니가 물려준 것이니 오래된 것 아니겠소?"

"오래된 것치고는 참 깨끗하네요. 귀하게 모셨던 티가 납니다."

귀하다는 말과는 달리 종친회장은 책의 쪽수를 세듯 엄지와 검지
로 책 귀퉁이를 잡아 올렸다가 차르르 내려놓기를 반복했다. 할아버
지의 표정이 찌푸려졌다.

"깨끗할 수밖에. 어머니도 나도 펼쳐 볼 일이 없었으니."

"그래도 모든 상품에는 제작 년도가 찍히게 마련인데, 어디 보자,
여기 써 있네요. 병술(丙戌) 정월(正月)……. 내가 해방둥이 을유년생
이니, 바로 다음 해 만든 거네요. 병술년이라……. 그때 족보를 만들
었다는 말이 있었던가……."

"병술년? 그건 또 처음 알았네. 아무튼 내가 그러지 않았소? 오래
된 족보라고."

"오래된 것 중에도 가짜는 많지요."

"……그건 무슨 뜻으로 한 말이오?"

"선생님도 아시겠지만 귀한 물건이 있으면 짝퉁을 만드는 치들도

있지요. 특히 조선 시대부터 뼈대 있는 집안 족보는 어느 귀퉁이에든 줄을 대고 싶은 상것들이 이렇게 저렇게 붙어서는……. 우리 집안도 엉망진창이 따로 없었지요. 선대 회장님이 큰돈을 내놓으시지 않았다면 지금쯤 어중이떠중이들 모인 책을 족보입네 하고 모시고 있을 겁니다."

"……."

할아버지는 조용히 종친회장의 입만 보고 있었다. 뭔가 조짐이 좋지 않았다. 나는 종친회장이라는 할아버지가 그만 말하기를 바랐다. 하지만 종친회장은 계속 잘난 체하며 족보 이야기를 이어 갔다.

"장원보를 만들 때 돈이 많이 든 것도 다 가짜 족보들 때문이었어요. 신문에다 광고도 내고, 각 종파마다 일일이 연락해서 족보를 수집했거든요. 어떤 집은 가짜인지도 모르고 백 년 넘은 거라고 신줏단지 모시듯 하기도 했지요."

"그게 가짜인지는 어떻게 아는 거요?"

"그거야 전문가들이 감별한 것이죠. 박사들 여럿 시켜서 일일이 감별했어요. 가짜 족보도 다 사들였지요. 종친회 기념관에 가면 다 전시되어 있습니다. 선생님은 연락을 못 받으셨습니까?"

"금시초문이오."

종친회장의 말에 할아버지가 쿨럭 잔기침을 하며 퉁명스럽게 말했다. 나는 고개를 갸웃거렸다. 잔기침은 아빠와 싸우면서 말문이 막힐 때 하던 할아버지의 버릇이었다.

"그러시군요. 하지만 아마 이 족보도 우리 기념관에 있을 겁니다.

병술본을 진짜로 만들었다면 선생님 외에도 누군가는 갖고 있었을 테니 말이죠."

"뭐요? 당신, 지금 내가 거짓말하고 있다는 거야?"

할아버지가 갑자기 소리를 질렀다. 종친회장은 순식간에 차가운 표정이 되더니 휴대폰을 들며 말했다.

"흥분하지 마세요. 거짓인지 아닌지 지금 확인해 보면 되지 않겠습니까?"

종친회장은 어딘가로 전화를 걸더니 명령조로 병술본 기록이 있으면 바로 전화하라고 말했다. 휴대폰을 내려놓으며 종친회장이 한숨을 쉬었다.

"제가 예순여덟에 이 회사 사장으로 은퇴했는데, 사촌 형님이신 회장님이 한사코 종친회 일을 맡아 달라고 하셔서 서울에 남았지요. 종가에 장손이 있다지만, 사실상 문중의 큰 어른이라 도와줄 사람이 필요했지요. 효심 깊은 회장님을 보면 일을 설렁설렁 볼 수도 없어서 별별 일을 다 봅니다. 특히 평창동 사무실 사람들은 만나서 바둑이나 둘 줄 알지, 족보에 대해서는 아는 게 없어요. 골치 아프다 싶으면 이렇게 내 명함이나 돌리는 게 일이지요. 그런데 혹시 어디서 무슨 얘기를 듣고 오신 건 아니죠?"

"무슨 말 말이오?"

"요즘 부쩍 시비 거는 치들이 있어서 물어보는 겁니다. 장원보 정리한 지가 언제인데 갑자기 족보를 들고 오시니…… 혹시나 기자나 뭐 그런 치들이 시킨 건 아닌가 해서요."

"난 기자가 아니오. 그보다 족보는 족보지 장원보는 뭐요? 그게 그리 대단한 거요?"

"선대 회장님이 81년부터 대대적으로 정리하신 겁니다. 남들은 돈이 있어서 했다고 하는데, 어중이떠중이 족보를 정리하는 일이 돈만 있다고 할 수 있는 일이 아니에요. 그때 저도 족보를 꽤 보았지만 대부분이 가짜였더라는 거죠. 그런데 요즘 들어 선대 회장님을 음해하는 인간들이 생겨서 아주 골치가 아픕니다. 몹쓸 인간들이 선대 회장님의 업적이라면 다 붙잡고 늘어지고 있어서, 거기 붙은 집안사람이 있을까 노심초사하고 있지요. 설마 그런 쪽은 아니시겠지만, 제가 굳이 선생님을 뵙기로 한 건 혹시 그런 인간들에게 이용당하지 마시라는 말씀을 드리고 싶어섭니다. 족보 들고 괜히 망신만 당하면 뭐가 좋겠습니까?"

"망신?"

"확실치도 않은 족보를 들고 이렇게 찾아오신 것부터가……."

"난 단지 이 애 때문에 온 거요. 평주에서도 전교 1등 하는 우리 손주한테 장학금을 준댔다가 안 준댔다가 장난치는 게 괘씸해서……."

"아냐, 할아버지. 준다고 한 게 아니라 그냥 장학금 신청을 한 거예요."

나는 얼른 고쳐 말했다. 종친회장이 나를 보았다.

"장학금? 이번에 공고 난 영재 장학금 말이냐? 그걸 신청할 정도면 공부를 무척 잘하는 모양이구나? 할아버지가 기특해할 만해."

"별로요. 그런데 종친회에서 이상한 말을 했어요. 저한테 심사 대상이 아니라고."

"심사 대상이 아니라면, 타성이라는 건데……."

"그러니까 어이가 없잖아요. 제가 김씨나 박씨일 리가 없으니까."

"아하, 그래서……."

종친회장 할아버지는 그제야 이해가 된다는 듯 고개를 끄덕였다. 그때 휴대폰이 울렸다. 할아버지도 나도 종친회장의 휴대폰에 집중했다. 종친회장은 30초도 안 되어 전화를 끊었다.

"이런 말씀 드리기 죄송하지만, 가짜네요, 이 족보."

"뭐요?"

할아버지의 얼굴이 순식간에 붉어졌다.

"지금 기념회 자료실에서 확인했습니다. 병술년에는 아예 족보를 만든 기록이 없다는군요. 가짜 족보는 많지만, 그해 것은 없다고……. 하긴 해방 직후에 누가 족보를 신경 썼겠습니까……. 선생님 자당께서 어떻게 갖고 계셨는지는 모르겠지만……."

갑자기 할아버지가 종친회장의 멱살을 잡았다.

"뭐라고? 그럼 지금 우리 어머니가 사기를 쳤다는 거야?"

"이거 놓으십시오. 손주분도 계신데 점잖지 못하게……."

하지만 할아버지는 멱살을 놓지 않았다.

"점잖지 못해? 남의 어머니를 욕해 놓고 점잖지 못하다고? 당장 사과하지 못해?"

"아니, 누가 선생님이 사기 쳤다고 말했습니까? 속으셨을 수도 있다는 거죠."

"뭐라? 네까짓 게 뭔데 고인을 욕되게 하느냐 말이야? 사과해, 얼른!"

작달막한 종친회장이 할아버지의 우악스러운 손길에 비틀거렸다. 종친회장도 더 이상 참을 수 없었는지 멱살을 풀면서 소리쳤다.

"이거 놓지 못해? 놓으라고!"

하지만 할아버지는 더 세게 종친회장을 붙잡고 사과하라는 말만 되풀이했다. 내가 말리려고 했지만, 할아버지의 손아귀 힘이 얼마나 센지 마치 바위 같았다. 그때 밖에서 경비원 차림의 아저씨가 들어와 멱살을 풀었다. 겨우 풀려나온 종친회장은 숨을 고르고는 티슈에 침을 뱉었다.

"저러니 피는 못 속인다고 하는 게지."

"뭐야?"

할아버지가 경비원 아저씨를 뿌리치고 당장 다가들었다. 간발의 차로 경비원 아저씨와 내가 붙잡지 않았다면 종친회장은 한 대 맞았을 것이다. 그런데도 종친회장은 계속 이죽거렸다.

"내가 틀린 말 했어? 보아하니 가짜 족보에 이름자 겨우 올려놓고 시제 한번 참석하지 못하는가 본데, 그것만으로도 알 만하지 않아? 무식해서 가짜 족보인지도 모르고 종중을 찾아다니는 꼴이라니…… 쯧쯧, 요즘 세상이니까 상놈들이 큰소리치고 다니지, 나 같으면 저따위 것, 창피해서 들고 나다니지도 못하겠다."

"뭐라고요? 할아버지, 무슨 말씀을 그렇게 하세요? 아직 누가 틀렸는지도 모르잖아요. 사과하세요!"

이번에 소리친 것은 나였다. 할아버지가 먼저 폭력을 썼다지만, 종친회장의 언어폭력은 그보다 더 심했다. 종친회장은 경비원에게 내뱉듯 지시했다.

"다들 내보내! 이래서 근본 없는 놈들은 상대하는 게 아닌데, 괜한 것들이 들쑤시고 다니는 바람에……."

"왜 우리한테 욕을 하냐고요? 할아버지가 틀렸으면 어쩔 건데요? 네?"

나는 종친회장 쪽으로 달려갔다. 그러자 경비원이 내 팔을 꽉 잡았다. 몸부림을 쳤지만 빠져나올 수 없었다. 분했다. 저렇게 대놓고 사람을 무시할 수 있다니. 우리 집안의 대표가 저런 사람이라는 것이 창피했다. 한 번 더 몸을 비틀며 나아가려고 하는데, 갑자기 어깨에 커다란 손길이 느껴졌다. 할아버지였다.

"가자."

"하지만 할아버지, 저 할아버지가 너무……."

할아버지는 굳은 표정으로 내 어깨를 지그시 누른 채 사무실 밖으로 걸어 나갔다.

집안 내력

버스 노선을 검색하려고 휴대폰을 꺼냈더니 부재중 전화가 열 통이나 와 있었다. 전부 다 아빠였다.

'……어쩌지?'

잠깐 고민했지만, 일단은 할아버지랑 이 빌딩을 떠나는 게 더 급했다. 통화 내역을 지워 버리고 길 찾기 어플을 켜는데, 할아버지가 택시를 잡았다. 택시 기사가 어디로 가느냐고 물었지만, 할아버지는 답이 없었다.

"럭키 병원요."

내가 대신 답하자, 할아버지가 나를 보며 물었다.

"병원엔 왜? 기사 양반, 서울역 버스 정류장으로 갑시다."

"안 돼요, 할아버지. 아빠가 병원에서 기다리고 있단 말이에요."

"승준이한테 짐 가지고 오라고 해. 너랑 나는 버스 타고 가자. 서울역에 문촌까지 한 번에 가는 버스 있어."

"안 돼요, 할아버지! 퇴원도 안 했잖아요!"

나랑 할아버지가 옥신각신하자 기사 아저씨가 돌아보며 물었다.

"어디로 갑니까?"

"아저씨, 병원으로 가 주세요. 우리 할아버지 교통사고 났어요."

"알겠습니다. 똑똑한 손주 두셨네요, 어르신. 자, 고가 도로 탔으니 병원으로 갑니다."

택시가 고가 도로 위를 달리자 할아버지는 창을 내리고 밖을 보았다. 오랜만에 맑은 날이라 멀리 푸릇한 산과 아파트와 빌딩 들이 한눈에 들어왔다. 그리고 늙은 거북이 등딱지 같은 가지에 대롱대롱 달린 연둣빛 잎들도 창밖을 지나갔다. 빌딩에서 쫓겨 나올 때는 정신이 하나도 없었는데, 궁금한 것들이 생각났다. 와이파이는 안 되지만, 검색해 보기로 했다.

장동 이씨 장원보.

"지온아."

검색 결과가 나오는 찰나, 할아버지가 갑자기 불렀다. 나는 얼른 휴대폰을 잠그고 할아버지를 보았다.

"아까 그치가 말한 거 믿지 마라. 우리 어머니가 가짜 족보를 줄 분도 아니지만, 만에 하나 족보가 어떻더라도 우리 집안이 근본 있는 양반 가문이라는 건 확실하다."

"……정말요?"

나도 모르게 묻고 말았다. 거절당한 장학금도, 종친회장의 거드름도 다 이유가 있을 것 같았다.

"사정이 있어서 고향을 떠났지만, 할아비 어렸을 때 대궐 같은 집에 살았던 건 확실히 기억난다. 동생들하고 어울려 놀았던 것도. 솟을삼문에 행랑채가 죽 늘어선 그런 큰 집이었지."

"사극에 나오는 한옥요? 그런데 왜 할아버지는 거기에서 안 살았어요?"

"……."

내 질문에 할아버지는 의자를 손으로 쓸면서 다시 창밖으로 고개를 돌렸다. 왠지 한숨이 나왔다.

"아쉽다. 거기가 할아버지 집이었으면 돈도 많았을 테고, 그러면 장학금 신청 안 해도 되었을 텐데……."

만약 그랬다면 아빠가 자동차 공장에서 쫓겨났을 때도 고민하지 않았을 것이다. 평주에서 이사할 일은 없었을 테니……. 그때였다. 갑자기 할아버지가 눈을 감았다.

"할아비 눈 좀 붙일 테니 도착할 때까지 조용히 해라."

할아버지가 창문을 올리고는 등받이에 기대며 눈을 감았다. 택시 내비게이션에서 오른쪽으로 돌라는 말이 들렸다.

○ · ○ · ○

"아버지! 왜 그렇게 사람을 놀래키는 거예요? 지온이까지 데려가 놓고, 전화 한 통을 안 해요?"

병실에 도착하자 아빠가 잔뜩 화난 표정으로 맞이했다.

"알았다."

할아버지는 아무렇게나 대답하더니 침대에 누웠다.

"할아버지, 옷 갈아입으세요."

뒤에서 눈치를 보던 나는 침대 한쪽에 아무렇게나 널브러진 환자복을 할아버지에게 건넸다. 할아버지가 천천히 몸을 일으키더니 침대 커튼을 치면서 아빠와 나를 향해 나가라는 손짓을 했다.

"의사랑 간호사한테 얼마나 혼났는 줄 아세요?"

"글쎄 좀 나가라니까……."

할아버지가 가래 끓는 목소리로 가냘프게 말했다. 병원에 오니까 갑자기 환자가 된 것 같았다. 할아버지 말대로 문촌으로 갈 걸 그랬나 싶을 때 아빠가 또 잔소리를 시작하려고 했다. 나는 아빠 팔을 붙잡고 병실 밖으로 나갔다.

"할아버지 피곤하다시잖아."

아빠가 화난 표정으로 나를 보았다.

"도대체 넌 왜 전화를 안 받아? 아빠가 전화를 안 해도 네가 먼저 해야 하는 거 아냐?"

"전화 오는 줄 몰랐지."

"거짓말까지 해, 이 녀석이? 내가 전화를 몇 번이나 했는데?"

"내가 언제 거짓말한 적 있어? 정말 몰랐다니까!"

"그래, 어디 갔다 왔냐?"

순간 말문이 막혔다. 할아버지가 말하지 않는데 내가 말해도 되는지 알 수 없었다. 종친회장을 만났다고 말하면 분명 꼬치꼬치 캐물을 게 뻔했다. 그러다 보면 할아버지가 쫓겨났다는 말까지 하게 될 텐데…….

"몰라."

"모르다니? 할아버지랑 간 데가 어딘지 모르다니? 하다못해 동네
이름이라도 알 거 아냐?"

"아, 모른다고."

"혹시…… 할아버지, 서대문 간 거냐? 사고 난 동네 말이야."

"아니."

"확실히 서대문은 아니지?"

"응. 그건 말할 수 있어."

"그런데 어디에 갔는지는 왜 말을 안 해?"

"할아버지가 말씀을 안 하니까. 할아버지가 비밀로 하려는데 내가
말하면 배신 아냐?"

내 말에 아빠는 기가 막힌 듯 한숨을 푹 쉬었다.

"대답하고는. 아무튼 사고 낸 사람 찾아간 게 아니라니 다행이다.
얼마나 걱정한 줄 알아? 그 연세에도 욱하면 물불을 안 가리니까 내
가 아주 무서워 죽겠다."

"히히……."

"히히? 이지온, 이게 웃을 일이야?"

나도 모르게 흘린 웃음을 얼른 거뒀다. 하지만 틀렸다 생각하면
아무하고나 싸우는 성격은 할아버지나 아빠나 마찬가지였다. 엄마
아빠가 만나게 된 것도 엄마한테 시비 거는 불량배들을 아빠가 제압
해서라고 들었다. 가장 최근에는 사람이 아니라 자동차 공장이랑도

싸웠으니, 할아버지보다 더 못 말리는 건 아빠다. 물론 우리는 언제나 아빠 편이다. 아빠가 싸우는 사람은 누가 봐도 나쁜 사람들이니까. 공장하고 싸운다고 할 때도 우리는 아빠가 이길 거라고 생각했다. 그런데 뜻밖에도 아빠는 그 싸움을 포기했다. 할아버지 때문이었다. 할아버지가 머리로 공장장의 이마를 깨 버렸기 때문이다.

사실 지금도 이해가 잘 안 된다. 할아버지는 분명히 아빠를 혼내려고 평주까지 왔었다. 그전에도 전화로 몇 번 아빠와 싸우더니, 결국은 참지 못하고 고속 열차를 타고 와 버린 것이다. 그러고는 밤새 아빠와 싸웠다. 할아버지는 그렇게 커다란 공장이랑 싸워 봤자 달걀로 바위 치기라며, 다른 일자리나 찾으라고 아빠에게 잔소리를 했다. 참던 아빠는 결국 상관 말라고 소리 지르며 방으로 들어가 버렸다. 할아버지는 나와 지혜에게 짐을 싸라고 했다. 굶어 죽기 전에 향화리로 당장 데리고 가겠다는 것이었다. 그러자 아빠가 다시 방 밖으로 나와서 2차전……. 아빠는 싸움에서 이기면 월급도 다시 받을 수 있고, 회사도 계속 다닐 수 있다며 할아버지를 설득했다. 하지만 할아버지는 똑똑한 사장들이 결정한 뜻도 모르고 애들처럼 떼를 쓴다고 공격했다. 두 사람이 싸우는 게 싫기는 했지만, 나는 아빠 편이었다. 나는 할아버지가 너무하다고 생각했다. 월급을 못 받는 게 아빠 잘못도 아닌데, 계속 아빠한테 멍청이라고 하니까. 그래서 다음 날 아침 경찰서에서 전화가 왔을 때는 모두가 놀라고 말았다.

할아버지는 모두가 잠든 새벽에 혼자 공장으로 갔다. 그러고는 두 시간이나 문을 지켰다가 도둑처럼 출근하는 공장장을 보고 멱살을 잡았다. 그다음은 이마로 한 방에 빡! 공장장이 할아버지를 경찰에 신고하는 바람에 아빠는 공장장에게 빌어야 했다. 아빠는 시위를 그만둔다는 각서와 합의금을 내고 할아버지를 '구출'했다. 생각해 보니, 바로 그 일 때문에 내가 평주를 떠나게 된 것 같다. 아빠가 시위를 계속했더라면 적어도 고등학교 입시 때까지는 평주에서 버틸 수 있었을지도 모르는데…….

"아빠, 우리 장동 이씨 맞아?"

"뭐?"

아빠가 뜬금없다는 표정으로 나를 보았다.

"그냥, 우리도 양반인가 궁금해서."

"요즘 세상에 양반 상놈이 어디 있어?"

"그래도 역사에 나오는 훌륭한 사람은 다 양반이잖아."

"양반은 조선 시대에나 있었지. 그전에는 없었어."

"하지만 그전에도 비슷한 건 있었잖아. 신라 시대에는 귀족이 있었고……. 아무튼 아빠는 우리 집안이 양반이라고 생각해?"

"이지온, 그게 뭐가 중요해?"

"그냥 말해 줘. 어떻게 생각하냐고?"

"양반이겠지."

"근거는?"

"근거? 나 참……. 보자, 아빠 어렸을 때, 어머니한테 들은 말이 있어. 전쟁 때 너희 할아버지의 큰아버지가 월북을 해서 그렇지 원래는 잘사는 집안이었다고. 집안 남자들 하나씩 끌려가는 꼴을 보고 우리 할머니가 어린 할아버지 업고 몰래 야반도주했다고."

"월북이 뭐야?"

"북한으로 갔다는 말이야."

"할아버지의 큰아버지가 북한으로 갔다고? 왜?"

"왜인지 어떻게 알겠냐? 아무튼 우리 할아버지, 그러니까 너한테
는 증조할아버지도 그때 경찰에 끌려가서 돌아가셨다나, 전쟁 때 돌
아가셨다나……. 아무튼 그래서 무덤이 없다고 들었던 것 같아. 그
래서 우리 할머니나 아버지는 집안 얘기는 입에도 올리지 않으셨어.
특히 아버지는 빨갱이라면 아주 질색이라서, 그러니까 내가 공장에
있을 때도……. 휴, 말을 말자."

"빨갱이? 아, 공산주의자를 욕하는 말이지? 그런데 할아버지가 왜
공산주의자를 싫어하셔?"

"할아버지 어릴 적엔 중학교만 나와도 면에서 심부름을 할 수 있
었거든. 할머니가 남의 집 일 하면서까지 아버지를 중학교에 보내신
게, 아버지가 그렇게 똑똑했다고 하더라고. 그런데 중학교 졸업한
다음 면에서 심부름을 며칠 했는데, 보름도 안 되어서 쫓아내더라는
거야. 내력을 따져 보니 집안에 빨갱이, 그러니까 공산주의자나 월
북한 사람이 있어서 안 된다고. 그런데 그다음에 어디 취직을 하려
고 할 때마다 집안 내력을 따져서 아예 다 포기하셨다 하더라. 그게
한이 되어서 나한테 그렇게 공부하라고……."

아빠의 말에 나는 고개를 갸웃거렸다. 이력서에 집안 이야기를 쓴
다는 것도 이상했고, 전쟁 전에 북한에 간 사람이 있다고 다른 가족

들이 차별을 받았다는 것도 이해할 수 없었다.

"너무한 거 아냐?"

"그렇지. 난 공부엔 흥미가 없었는데 말이지."

"아니, 이력서 말이야. 할아버지 큰아버지면 할아버지랑은 상관없
잖아. 북에 간 건 큰할아버지인데 할아버지보고 어쩌라고?"

내가 열을 내자 아빠가 피식 웃었다.

"그러게나 말이다. 아무튼 너라도 공부를 잘해서 다행이다. 그래
서 할아버지가 널 특별히 예뻐하는 거야."

"아빠는? 아빠는 내가 안 예뻐?"

"어? 우리 이지온, 예쁘다는 말 듣고 싶어?"

"아니, 내가 공부를 잘하는 게 아빠는 안 좋으냐고?"

"좋지. 하지만 늘 말했듯이 난 네가 공부를 너무 하는 것 같아
서……."

"솔직히 내가 비싼 고등학교 갈까 봐 걱정되는 거 아냐? 할아버지
도 내 등록금 만들어 준다고 걱정하시는데, 아빠는 맨날 공부 적당
히 하란 말만 하잖아."

"누가 등록금 안 대 준대? 하지만 나는 네가 귀족 학교 다니는 건
반대야."

"라일고가 무슨 귀족 학교야? 대학 잘 보내는 학교지!"

"학비가 대학 등록금보다 비싼데 귀족 학교가 별거야? 그런 학교
에 들어가면 너는 또 얼마나 더 시달리겠어? 엄마랑 아빠는 네가 평
범한 학교에서……."

"아, 정말 그 말 좀 그만하라니까! 평범한 학교에서 대학교 가는 게 얼마나 힘든지 아빠가 알아? 아빠는 내가 아니라 돈 없는 게 걱정인 거잖아!"

순간 아빠 표정이 굳어졌다. 나는 그만 입을 다물어 버렸다. 그렇게까지 말할 생각은 없었는데, 열받다 보니 말이 막 나와 버렸다. 하지만 사과하기도 애매했다. 아빠가 돈을 못 버는 건 사실이고 나도 라일고를 포기하지 않을 거니까. 아빠가 화장실 쪽으로 갔다. 나는 휴대폰을 만지작거렸다.

사라진 탄환

"야, 야! 이지온!"

지혜가 소리를 지르며 내 손등을 샤프로 콕콕 찔렀다.

"아얏!"

"무시하냐? 왜 못 들은 척해?"

지혜의 사나운 눈동자를 피해 책상을 내려다보니 수학 문제지가 보였다. 그제야 지혜한테 문제를 풀어 주고 이해해 보라고 했던 게 생각났다.

"어, 미안……. 뭐라고 했는데?"

"최솟값을 가지면 아래로 볼록, 여기까지는 이해했다고. 그런데 식을 왜 이렇게 전개하는지는 모르겠어. 넌 어떻게 풀지도 않고 이렇게 전개를 했어?"

지혜가 샤프로 밑줄을 그은 부분을 보자, 지금까지 고민했던 것이 무엇인지 잊어버릴 만큼 한심해서 한숨이 나왔다.

"어휴, 넌 정말……. 이건 인수 분해잖아. 이런 것까지 물어보면 어떻게 해? 이번 시험도 시험이지만, 정말 큰일이다. 너 이번 여름 방학 동안엔 수학만 파."

"네가 뭔데 공부를 하래? 괜히 가르쳐 주기 싫으니까 성질이나 내고. 아까는 성질 안 내고 한 시간 안에 이해시켜 준다며?"

"네가 인수 분해도 다 못 외웠는지 모르고 한 말이다."

"흥, 이럴 줄 알았어. 가르쳐 준다고 했을 때 좋다고 한 내가 바보지. 구박하려고 가르쳐 준다고 한 거지? 관둬라, 치사해!"

지혜가 문제지를 탁 덮고는 가방을 싸기 시작했다. 나는 지혜를 붙잡았다.

"어딜 가? 오늘 인수 분해 다 외우기 전엔 이 방 못 나가!"

"누구 맘대로?"

"이 집안 장남 맘대로!"

"웃기고 있네. 엄마 아빠 사정도 모르고 라일고 라일고 징징거리는 주제에 장남은 무슨?"

"징징? 내가 언제? 나도 우리 집 사정 알아서 장학금 알아보고 있는 거잖아!"

"떨어졌다며? 그런 장학금 하나 못 받을 정도면 라일고도 희망이 없는 거 아니야? 평주에서 1등 좀 했다고 우쭐해서는, 쌤통이네."

지혜가 꼴 보기 싫었지만, 꾹 참았다.

"성적 때문에 못 받은 거 아니거든? 그쪽에서 잘못해서 그거 반론하려는 중이라고!"

"헐, 진상 손님이냐? 떨어졌으면 깨끗하게 승복해야지, 창피하게……."

"아니라니까! 이게 나만 위한 건 줄 알아? 너랑 우리 집 전체에도 중요한 일이란 말이야!"

"웃기네. 장학금 타는 게 무슨 대단한 일이라고? 어쨌든 나 나가야 해."

"안 돼. 시험공부 안 하고 또 장 공장 가서 놀려고 그러지?"

"노는 게 아니라 연구하는 거거든?"

"중딩이 무슨 연구. 시험공부는 해야 할 거 아냐? 이리 내놔 봐. 이 식을 먼저 인수 분해 식으로 전개한 다음에……."

"됐다고!"

"야, 누구는 뭐 시간이 남아서 가르쳐 준다고 그런 줄 알아? 다른 건 몰라도 영어랑 수학은 놓지 말아야 대학에 갈 거 아니야? 내가 고등학교 때 기숙사로 가면 어쩔 건데? 정신 좀 차려라, 이지혜!"

"너야말로 정신 차려! 너 아까 내가 몇 번이나 불렀는지도 모르지? 도대체 요즘 정신을 어디다 팔고 있는 거냐?"

지혜의 한심한 눈길을 보니 꽤 오래 멍해 있었던 모양이다. 하지만 하는 수 없었다. 인강도 눈에 들어오지 않은 지 이틀째였다.

"생각할 게 좀 있어서 그랬어."

"도대체 뭘 생각하는 건데?"

"쓸데없는 거야."

"말해 봐. 네가 쓸데없는 걸로 멍 때릴 리가 없어."

지혜가 어른인 척 말했다. 그러다가 놀림거리가 되기 십상이지만,

지혜가 이렇게 대할 때는 항상 약해지고 만다. 나는 이틀 동안 머리에만 맴돌던 것을 입 밖으로 꺼냈다.

"이지혜, 만약에 우리가 친일파 집안이라면 어떨 것 같아?"

"우리 집안이 친일파라고? 일제 강점기 때 독립운동가를 때려잡은 친일파?"

지혜의 표현이 좀 이상했지만 나는 고개를 끄덕였다. 지혜의 얼굴이 차츰 일그러지더니 이맛살을 찌푸리며 고개를 저었다.

"그럴 리가……. 우리 할아버지를 봐. 정의의 사자잖아. 그런 할아버지가 일본의 앞잡이였다고?"

무식한 이지혜. 할아버지가 무슨 조선 시대 사람이냐? 나는 한숨을 쉬었다.

"이지혜, 할아버지 1936년생이셔. 일제 시대 때는 우리보다 훨씬 꼬맹이셨다고."

지혜의 얼굴이 환해졌다.

"그러면 친일파 아니네! 아니, 가만, 외할아버지가 친일파였다는 말이야? 아니다. 돌아가신 외할아버지는 친할아버지보다 나이가 더 적으셨잖아! 친할머니나 외할머니는 아니었을 거고. 그러니까 우리 집안은 친일파가 아니네!"

나는 한숨을 쉬며 휴대폰을 내밀었다. 지혜는 내가 검색해 놓은 신문 기사를 천천히 읽어 내려갔다.

"만주의 탄환이라고 불린 사나이, 독립운동가 이헌석은 진짜 해방을 맞이했는가? 1930년대 만주를 끝으로 행방이 묘연한 게릴라전의

명수. 중국 항일 의용군 사이에서도 유명했다는 대범한 사나이, 이헌석. 하지만 그가 친일파라고 주장하는 사람들도 있다. 최근 가짜 독립운동가 서훈 무효를 위한 조사 위원회(이하 조사위)가 서훈 무효 소송을 준비하고 있는 인사도 이헌석이다. 이에 본지는 장원물산 측에 인터뷰를 요청했으나 회사와 관련 없는 일에는 답변이 불가하다는 말만 되풀이했다. 조사위의 92번 보고서에 의하면……."

지혜가 나에게 시선을 돌렸다.

"이게 뭐야?"

"이헌석이 증조할아버지 이름이래."

"뭐?"

갑자기 엉덩이에 불이라도 붙은 듯 지혜가 의자에서 펄떡 뛰어올랐다.

"그럼 우리 할아버지의 아버지가 독립운동가였다는 말이야?"

"자세히 봐 봐. 독립운동가가 아니라, 친일파인지도 모른다고. 그 아래를 읽으면 독립운동가인 이헌석이 죽었는지 도쿄로 갔는지 모른다는 내용도 나와. 좀 잘 읽어라."

"그래? 잠깐만."

지혜가 손으로 내 말을 막고는 다시 소리 내어 기사를 읽기 시작했다.

"해방 전 이헌석은 1937년 만주에서 죽음을 맞이했다는 소문이 돌았다. 하지만 이헌석의 이름은 해방 직후에 더 자주 언급된다. 대표적인 것이 해방 직후 열렸던 반민족 행위 특별 조사 위원회 보고서

다. 그때 친일파로 지목된 이헌석은 일제 강점기에 미야모토 겐이라는 이름으로 활동했던 실업가와 동일 인물이다. 이헌석은 창씨개명 운동이 벌어지기 전인 1930년대 초반에 이미 경기도 인천, 함경북도 나진 등지에서 미야모토 겐으로 활동했다. 일본에서의 활동도 활발하여 〈대동아〉에 일본 제국주의 전쟁을 옹호하는 글을 쓰고 여러 차례 거액의 기부금을 낸 기록도 남아 있다. 해방 후에는 미야모토 겐의 흔적을 찾을 수 없는데, 독립운동가들 사이에서는 이헌석이라는 인물이 미야모토 겐이라는 소문이 떠돌았다. 하지만 반민 특위 해체 후 더 이상의 조사는 이루어지지 않았고 현재는 그가 만주 시절 독립운동가 이헌석과 동일 인물인지는 확인할 수 없다. 이헌석과 함께 독립운동을 했던 투사 대부분이 옥사하거나 월북하였기에 증언자를 찾을 수 없었던 것이다. 이처럼 이헌석의 존재 여부가 불투명한 가운데, 정부는 1985년 장원물산을 세운 기업가 이헌석 회장에게 건국훈장 애족장을 수여했다. 당시 부실한 보고서를 이유로 훈장 수여를 반대하는 학자들도 있었으나, 이는 소수 의견으로 묵살되었다. 이헌석의 만주 변사설과 도쿄 이주설, 무엇이 진실인가? 이헌석은 과연 미야모토 겐인가? 한편 조사위는 이헌석의 해방 전후 행적에 대한 정보가 있으면 조사위로 연락 바란다고 하였다."

다 읽은 지혜는 나를 한번 보고는 고개를 갸웃거리며 물었다.

"그러니까 우리 증조할아버지가 미야모토 겐이라는 일본 사람, 아니 친일파라는 거야? 변사라는 건 죽었다는 뜻 아냐?"

나는 한숨을 쉬었다.

"죽었다는 말도 있고 도쿄로 갔다는 말도 있다는 거지. 하지만 이 기사는 미야모토 겐이 이헌석이라고 믿고 있는 것 같아. 만일 이 이 헌석이 우리 증조할아버지라면 우리 집안이 친일파라는 거고."

지혜의 얼굴이 찌푸려졌다.

"설마! 할아버지는 아버지 얼굴도 모르고 자랐다잖아."

"미야모토 겐이라는 이름으로 도쿄에서 살았다면? 할아버지가 못 봤을 수도 있잖아."

"하지만 이 이헌석이 우리 증조할아버지라는 증거가 있는 것도 아 니잖아. 같은 이름이 얼마나 많은데?"

지혜의 말에 나는 고개를 저었다. 나도 그런 생각으로 기사를 더 찾아보았지만 이헌석은 장동 이씨였다. 일제 강점기 때 살았던 장동 이씨가 이름까지 같을 확률은 엄청 낮지 않을까?

"그 사람도 장동 이씨야."

지혜는 휴대폰 검색창에 '이헌석 친일파'라고 쳤다. 그러자 뜻밖의 기사가 올라왔다.

'장원물산 전 회장 이헌석 친일파 의혹 생전에 해명 완료', '장원물 산 측은 1990년에 작고한 장원물산 창업자 이헌석 회장의 친일 행적 에 대해 더 이상 소명할 것이 없다며 침묵으로 일관하고 있다……'

지혜가 기사를 내게 보여 주며 말했다.

"거봐, 동명이인일 거라고 했잖아. 장원물산은 기업 아냐? 아버지 가 장원물산 회장님이면 우리 할아버지도 회장님이게? 같은 이름은 얼마든지 있다니까!"

"장원물산 회장이 친일을 했다는 게 사실일까?"

"그런데 장원물산 회장이 우리랑 같은 장동 이씨라잖아."

지혜의 말에 갑자기 소름이 돋았다. 그 종친회장이 있었던 건물 간판이 떠올랐다. 다 영어였지만, 분명 'JANGWON C&T'라고 되어 있었다. 나는 얼른 할아버지 방으로 뛰어갔다.

"할아버지! 장원물산을 만든 사람도 장동 이씨였어요!"

방에서 텔레비전을 보던 할아버지가 부스스 몸을 일으키며 뜬금 없다는 표정을 지었다. 뒤따라온 지혜가 고개를 절레절레 젓더니 차분히 설명을 했다.

"증조할아버지 성함이랑 장원물산 회장인가 하는 사람 이름이 같 다고요."

"그게 왜?"

할아버지가 리모컨으로 텔레비전을 끄며 우리를 보았다. 내가 다급하게 말했다.

"그 종친회 사무소 건물요, 그게 장원물산 빌딩 같아요."

"종친회 사무소? 그게 뭐야?"

지혜가 끼어들었다. 순간, 할아버지와 나만의 비밀이 생각났지만 이미 엎질러진 물이었다. 지혜가 할아버지에게 다가들었다.

"할아버지, 할아버지는 할아버지네 아빠한테 들은 얘기 없어요?"

"없다. 아버님 얼굴은 본 적도 없는 데다, 어머니도 일절 집안 얘 기는 안 하셨기 때문에……."

"할아버지가 물어보지. 안 궁금했어요? 나 같으면 궁금했을 텐데.

아빠랑 고향이랑…….”

지혜의 말에 할아버지가 문갑에서 양말을 꺼냈다. 나가려는 것 같았다. 이대로 이야기가 끝나면 궁금한 것을 하나도 물어보지 못한다. 나는 지혜를 한번 흘겨보고는 할아버지 손을 잡았다.

“할아버지, 잠깐만요. 만약에 우리 증조할아버지 얘기만 증명하면 장원보가 틀렸다고 할 수 있잖아요. 그때 종친회장 할아버지가 그랬잖아요. 장원보를 전 회장님이 만든 거라고. 대박! 증조할아버지랑 그 전 회장님이랑 이름도 같고 태어난 동네도 같았다면, 혹시 두 분이 친구 아니었을까요? 나이도 비슷하고 이름도 같을 정도면…….

우리 증조할아버지랑 같은 이름이라는 것만 확인하면 장원보를 고칠 수 있을 거예요.”

할아버지의 표정이 심각해졌다.

“그럴 리는 없을 거다.”

“왜요?”

“그 시절에 같은 항렬 자손 이름을 똑같이 짓지는 않았겠지. 그런데 참말로 그 전 회장인가 하는 분 성함이 우리 아버님 함자랑 같다는 거냐?”

지혜가 고개를 갸웃거렸다.

“그래도 어쩌면 같은 이름을 썼을지도 모르잖아요.”

나도 지혜와 같은 의견이었다. 같은 이름이 없다면 우리 증조할아버지가 장원물산 회장이거나, 그 회사를 만든 할아버지의 이름이 틀렸다는 건데, 둘 다 말이 안 되기 때문이다. 나는 할아버지 팔을 잡았다.

"할아버지, 우리 다시 종친회 사무소에 가 봐요. 그 전 회장님네 집에 물어보면 증조할아버지 얘기를 해 줄지도 모르잖아요. 그러면 족보가 가짜가 아니라는 증거가 될 테니까, 저도 장학금 신청 다시 할 수 있고……."

할아버지 얼굴이 심각해졌다.

"그러니까 그 회장인가 하는 분이 얼마 전까지 살아 있었다고?"

"잠시만요……."

나는 '장원물산 이헌석'을 검색했다. 인물 검색에 바로 사진과 경력이 나왔다.

"여기 보세요. 이헌석, 1900년에서 1990년. 그 종친회장 할아버지가 말한 선대 회장님이 이 사람인가 봐요. 그런데 여기에는 장동 이씨라고는 안 나와요. 하지만 장동 이씨 종친회 사무소가 그 빌딩에 있었으니까, 맞겠죠? 장원물산 창립자, 독립운동가……. 여기는 독립운동가라고 나와 있네……."

"그게 왜?"

"아아, 신문 기사에서 이게 맞는지 이상하다고 했거든요. 인물 검색에 이렇게 써 있으면 맞는 거 아닌가? 여기 수상 경력에 1985년 건국 훈장 애족장이라고 써 있는데, 무슨 위원회에서는 이거 취소하라고 조사하고 있대요."

"취소?"

"네. 친일파 중에 미야모토 겐이라고 창씨개명 한 사람이 있었는데, 그 사람 원래 이름이 이헌석이라는 내용이었어요. 그리고 그 사람이 장원물산 회장이라는 기사도 있었고요."

"창씨개명이라고?"

할아버지가 벽에 걸린 배낭을 내리더니 저번에 가져갔던 족보를 꺼냈다.

"옛날에 일제가 우리나라 사람들한테 이름 바꾸라고 했다면서요. 증조할아버지는 창씨개명 같은 거 안 하셨겠죠?"

지혜가 아는 체하며 말했다. 그러자 할아버지가 갑자기 화난 목소리로 말했다.

"누가 그런 소리를 해? 우리 아버지는 만주에서……."

"만주?"

지혜가 나를 보았다.

"할아버지, 우리 증조할아버지가 만주에서 독립운동하셨어요?"

내 말에 할아버지 눈이 동그래졌다.

"네가 그걸 어떻게 알아? 누구한테 들었어?"

"와, 대박! 이지온, 만주라면 신문 기사에서 읽은 대로 아냐?"

지혜의 말에 나도 심장이 뛰기 시작했다.

"할아버지, 신문 기사에 나와 있어요. 여기 보실래요?"

나는 아까 본 기사를 휴대폰에서 얼른 찾았다.

"읽어 드릴까요?"

"아니다."

"왜요? 여기 기사를 보면 중국 의용군들한테도 존경을 받았다고 써 있단 말이에요. 만주의 탄환이라고 불렸던…….”

“탄환……이라고?”

할아버지가 물었다. 나는 휴대폰을 할아버지 앞에 내밀었다.

“안 보여. 그만 나가 봐라. 할아비 옷 갈아입고 축사 가야 해.”

“하지만 할아버지, 아직 중요한 이야기가…….”

“어서 나가.”

할아버지의 엄한 표정에 나와 지혜는 밖으로 나갈 수밖에 없었다. 방을 나온 우리는 약속이나 한 듯 툇마루에 걸터앉았다.

“대박! 이지온, 너도 같은 생각이지? 증조할아버지가 만주에서 독립운동한 거라고.”

“……확실하지 않다잖아.”

“하지만 네가 어떻게 아느냐고, 분명히 할아버지가 그랬어. 그 말은 할아버지도 뭔가 들은 게 있다는 뜻 아니겠어?”

“그렇지만 미야모토 겐은? 도쿄로 갔을지도 모른다잖아.”

“미야모토 겐이 이헌석이 아닐 수도 있지. 신문 기사라고 다 맞는 건 아니잖아.”

“그런가? 하지만 조사 위원회에서…….”

“그거야, 이지온! 우리 그 위원회에 한번 전화해 볼래?”

“뭐?”

“아까 신문 기사에 연락처랑 이메일이랑 있었잖아.”

“하지만 그건 제보할 때 써 달라는 전화잖아. 확실한 증거도 없는데 어떻게 제보를 한다고 그래?”

내 말에 지혜가 입술을 쑥 내밀었다. 하지만 나도 지혜처럼 조사 위원회라는 데 전화를 걸어 보고 싶다는 생각이 들었다.

그의 이름은?

교문을 나서는데 뒤에서 누가 불렀다. 돌아보니 김성빈이었다.

"이지온, 시험 잘 봤냐?"

"어……."

"너 어제까지 시험 본 거 다 만점이라며?"

김성빈의 말에 가시에 찔린 듯 속이 조금 아팠다. 분명히 어제까지 그런 줄 알았는데, 아침에 세수를 하다가 국어 문제 하나를 고쳤던 것이 떠올랐다. 원래 풀었던 것이 맞았는데, 마지막에 다른 보기로 바꾼 것이다.

"아냐. 누가 그래?"

"아니라고? 다들 이번에 전 과목 만점이 나올 거라고 했는데……."

"오늘 수학이랑 영어 시험을 봤는데, 어떻게 그런 말을 할 수가 있냐?"

"넌 두 과목을 제일 잘한다며?"

"누가 그래?"

"이지혜가. 아 참, 지혜가 너한테 공장으로 오라고 했어."

지혜가 무슨 생각을 하는지 알 수 없었다. 오늘 시험이 끝나고 같이 서울에 가기로 한 것은 맞지만, 장 공장에는 왜 가야 하는지 알수 없었다. 조사 위원회는 신림동이라는 데 있어서 서울에 도착한 다음에도 지하철을 여러 번 갈아타야 했다. 생각만 해도 바쁜 일정인데, 한가롭게 장 공장이라니, 지혜를 빼고 혼자 가 버리고 싶은 마음이었다.

"당연히 나도 가야지, 우리 집안일인데! 만약에 정말로 증조할아버지가 독립운동가라면 대박이잖아. 하지만 동명이인이면 좀 쪽팔리겠다. 조사 위원회라는 곳은 친절할까? 애들이 왔다고 무시하진 않겠지?"

사실 내가 지혜랑 가려고 하는 이유도 혹시나 아무것도 아닐 때를 대비해서였다. 그냥 이름만 같은 거면 창피할 것 같아서…… 창피할 때는 혼자보다는 둘이 낫다.

"김성빈, 너네 집은 이쪽 아니잖아."

공장으로 향하는 길로 들어서는데, 성빈이도 나를 따라 갈림길로 걸었다.

"나도 장 공장에 가 보려고."

"너도 애들처럼 풀로 화장품 만드는 거 연구하냐?"

성빈이는 고개를 저었다.

"그건 공부 때문에 그만뒀어. 그런데 전자 현미경이 들어왔다고 해서 구경하려고."

"공부?"

"저기, 지금부터 하면 과학고에 갈 수 있을까? 무리겠지?"

"수학이랑 과학 잘해?"

"음…… 어느 정도는?"

"중학교 내내 A여야 해."

성빈이 표정이 어두워졌다.

"혹시 영재성 검사 받은 적 있어?"

"그게 뭐야?"

"시험 같은 건데, 나 평주에 있을 때는 중학교 1, 2학년 때부터 미리 검사하고 틀린 거 정리해서 다시 시험 보고 그러는 애들이 많았어. 하지만 네가 영재라면 미리 준비하지 않아도 되겠지. 진짜 중요한 건 과학이랑 수학 성적이야."

"성적은 그렇게까지 좋지는 않아. 특히 A는 별로 없는데……."

"그러면 과학고는 무리이지 않을까? 벌써 여름 방학인데, 점수가 안 된다면 거의 힘들다고 생각해. 다른 애들은 1학년 때부터 준비하니까."

"그런가……."

어깨를 늘어뜨린 성빈이가 안되어 보였다. 나는 일찍 정신을 차려서 다행이라고 생각했다. 성빈이처럼 뒤늦게 하고 싶은 게 생겼다면 엄청 속상했을 것 같았다.

"미리 준비했으면 괜찮았을 텐데……."

"하지만 연구 동아리에 들어가기 전까지는 진짜 현미경이나 광학 렌즈 같은 걸 본 적이 없단 말이야. 미생물이 이만하게 보이는데 완전 충격 먹었어."

"그런데 진짜 전자 현미경이래? 그걸로 보면 미생물이 괴물처럼 보여서 재미있는데……."

"그지? 휴, 넌 과학고에 갈 수 있어서 좋겠다. 영재성 검사는 해 봤어?"

나는 고개를 저었다.

"난 과학고 안 가."

"왜?"

"거기 가면 의대 못 가거든. 예전에는 상관없었다던데. 왜 하필 우리 때는 안 되는 거야?"

"의사 되려고? 미생물이 재미있다며?"

"재미있지만 돈도 벌어야지."

"과학고 가도 돈 벌 수 있지 않아?"

"그래 봤자 의사 월급하고는 게임이 안 되거든? 똑같이 공부하는데, 돈 많이 버는 게 더 이득이지, 안 그래?"

성빈이가 고개를 끄덕였다.

"공대를 나오면 의사만큼 부자가 되기는 힘들까?"

"의사만큼 벌 수 있는 직업은 많지 않을 거야. 공장장이면 몰라도……."

갑자기 아빠네 회사 공장장이 공대를 나왔다는 게 떠올랐다. 공장장 정도면 의사보다 월급이 많으려나? 하지만 공장장이 되려면 엄청난 경쟁률을 뚫어야 한다. 게다가 그 정도 월급은 다 늦어서 몇 년 정도밖에 못 탄다. 아무리 생각해도 의사보다 나은 직업은 없었다.

"이지온! 여기야, 여기!"

공장에 다다랐을 때, 공장 앞에 선 차의 창문이 내려가더니 지혜가 나를 불렀다. 성빈이는 운전석에 앉은 사장님에게 꾸벅 인사를 하고 현미경 구경을 해도 되느냐고 물었다. 사장님이 그러라고 하자, 성빈이는 신난 표정으로 손을 흔들고는 공장 안으로 들어갔다.

입간판에 '공장'이라고 써 있어서 그렇지 메꽃 덩굴이 휘감아 오르는 유리온실 때문에 카페처럼 보이는 건물이었다. 아빠네 공장과 달리 된장, 청국장, 식초, 반찬 등을 만드는 곳이라 아무리 봐도 공장이라는 생각이 들지 않았다.

―어떻게 된 거야?

나는 앞자리의 지혜에게 문자를 보냈다. 지혜가 몸을 휙 돌리더니 함박웃음을 지었다.

"우리가 신림동 간다고 했더니, 사장님이 데려다준다고 하시잖아. 그쪽에서 약속이 있대. 잘됐지?"

"어…… 감사합니다, 사장님."

문자로 대답하지 않는 지혜를 한 번 노려본 다음 사장님을 향해 인사를 했다.

"나도 심심하지 않고 좋지. 그나저나 너희 할아버지가 독립운동을 하셨다며?"

"할아버지 말고 증조할아버지요, 사장님."

어휴, 이지혜! 나는 나불대는 지혜의 입을 막아 버리고 싶었다.

"아직 몰라요. 아마 아닐 거예요. 할아버지도 아무 말씀 안 하셨고요."

"뭘 안 해? 저번에 슬쩍 말씀하셨잖아."

"확실하지 않다고 그러셨잖아. 정확하지도 않은 걸 막 말하고 다니면 어떻게 하냐, 이지혜? 소문이라도 나면 어떻게 하게?"

내 말에 사장님이 하하 소리 내어 웃었다.

"왜, 소문나면 안 돼? 독립운동가 할아버지, 멋있잖아?"

"만약에 사실이 아니면 진짜 독립운동가분들께 미안한 일이잖아요. 거짓말했다는 소문이라도 나면 창피하고요."

내 말에 사장님이 고개를 끄덕였다. 그걸 본 지혜가 나섰다.

"사장님, 가짜 독립운동가도 있대요. 심지어 친일파였는데 독립운동가 행세를 한 사람도 있대요. 정말 너무하지 않아요?"

"너무하네."

"아니, 어떻게 그럴 수가 있어요? 주변 사람들이 친일파였다는 걸 다 알 텐데, 어떻게 뻔뻔하게 거짓말을 할 수 있죠? 거짓말을 하는데도 독립운동가가 아니라고 말해 주는 사람도 없었다는 거잖아요. 혹시 친일파일 때 주변 사람들을 다 죽인 건 아닐까요?"

지혜 얼굴이 시뻘게지자 사장님이 재미있다는 표정으로 웃었다.

"뻔뻔한 사람들은 거짓말을 잘한단다. 그런 사람들이 돈이 많거나 힘이 세면 알아도 모르는 체하기 일쑤지."

"비겁해."

"그래, 지혜 말대로 비겁하지. 우리 지온이처럼 당당한 사람이 많지 않아서 뻔뻔한 사람들이 잘사는 걸지도 몰라."

사장님이 갑자기 칭찬을 하는데, 나는 이유를 알 수 없었다. 거짓말일까 봐 걱정했을 뿐인데, 그게 왜 당당한 건지 이해도 안 되었다.

"지온아, 문중 장학금 신청했는데, 안 되었다면서?"

이지혜 입은 정말이지……. 차에서 내리면 한바탕하고 싶었다.

"아, 그게 좀……."

"어머니 쪽은 장학금이 없어?"

"엄마요? 하지만 엄마는 박씨잖아요. 저는 이씨고요."

"어떤 집안이든 그놈의 가부장제. 우리 효원 홍씨네는 올해부터 모계도 주기로 했지. 물론 내가 돈을 보태는 조건이지만."

"모계가 뭐예요?"

사장님은 아빠 말고 엄마가 효원 홍씨여도 문중 장학금을 받을 수 있도록 규칙을 바꿨다고 설명했다. 지혜가 짝짝짝 박수를 쳤다.

"맞아. 우리는 엄마랑 아빠 DNA를 반반 받았는데, 왜 아빠 성만 인정해 주는 거지? 이지온, 엄마네 집안에는 문중 장학금 없어?"

엄마 쪽은 생각도 해 보지 않았다. 애초에 효원 홍씨 장학금이 아니었다면 내가 장동 이씨라는 사실도 몰랐을 것이다. 사장님은 자신이 아버지와 싸우고 집을 나간 이야기며, 향화리에 돌아와 공장을 세운 이야기, 장학금의 반 이상을 내면서도 규칙을 바꾸기까지 8년이나 걸렸다는 이야기를 해 주었다. 정말 대단한 분이라는 생각이

들었다. 이야기를 하다 보니 어느새 조사 위원회 앞에 도착했다.

"그럼, 잘 알아보고, 독립운동가가 맞으면 나한테도 알려 주기 다?"

사장님은 우리에게 손을 흔들어 주고는 떠났다.

"너는 아무 말이나 막 하고 다니냐?"

지혜는 내 말은 들은 체도 하지 않고 주위를 한번 둘러보더니 건물 안으로 총총 들어갔다. 조금 떨려서 있다가 들어가자고 하려고 했는데, 나도 하는 수 없이 따라갔다. 골목길에 해가 쨍쨍했다. 사장님이 데려다주지 않았다면 헤매느라 땀투성이가 되었을 것이다.

○ ○ ○ ○ ○

"가짜 독립운동가가 궁금해서 왔다고? 왜?"

조사 위원회 사무실에는 단발머리에 안경 쓴 아줌마가 혼자 있었다. 뭐라고 대답해야 할지 몰라 쭈뼛거리는데 지혜가 나섰다.

"역사 조사요. 학교 숙제라서 왔어요."

"어머, 어느 학교니? 좋은 걸 공부하네."

"저희는 모······."

"평주 중학교에서 왔어요. 가짜 독립운동가가 있다는 신문 기사를 보다가 장원물산 회장님을 조사하고 싶어서요."

나는 얼른 둘러댔다. 지혜가 어이없다는 표정을 지었지만, 나야말로 지혜가 한심했다. 만약에 우리 증조할아버지가 친일파라면, 그래서 우리 집까지 조사를 하러 온다면 너무 창피한 일 아닌가.

"장원물산……. 아, 이헌석 회장? 그분이랑 잘 아니?"

"아뇨."

"그런데 장원물산은 왜 조사를 하고 싶었어? 마침 요즘 위원회에서 조사하고 있는 내용인데……. 뭐가 궁금하지? 내가 간사니까 나한테 물어보렴."

"그분이 친일파라면, 친일을 한 사람이 벌도 안 받고 그렇게 큰 기업 회장님이 되었다는 게 이상해서요. 나라를 팔아먹었는데 부자도 되고 훈장도 받았다니, 믿을 수가 없어서요."

이번에는 지혜가 대답했다.

"믿을 수 없지만 사실이 그렇지. 아직 조사가 다 끝나지 않은 건데 학교 숙제로 조사해 가도 괜찮겠니?"

"네!"

나와 지혜가 동시에 대답했다.

"그래, 그렇다면……. 어디 보자, 미, 미, 여기 있다. 미야모토 겐."

"그런데 왜 하필 미야모토 겐일까요?"

"미야모토 겐은 한자로 궁본헌(宮本憲)이라고 쓰는데, 궁본은 창씨개명 때 왕가에서 주로 쓴 성이야. 그러니 미야모토 겐을 우리 식으로 바꾸면 이헌이 되지. 헌은 이름에서 한 글자를 가져온 건데, 이 궁본이라는 성은 좀 특이하긴 해."

"뭐가요?"

"왕가가 이씨이기는 하지만, 전주 이씨가 아니면 미야모토가 아니라 이노우에라는 성을 썼거든. 이헌석은 왕족도 아니고 전주 이씨도 아닌데, 왜 미야모토를 썼는지 모르겠어."

"창피했나 보죠."

지혜가 코를 실룩이며 말하자 간사님이 피식 웃었다.

"그럴까? 아니면 일본에서 왕족 출신이라고 자랑을 하고 싶었거나."

"그런데 왕족도 창씨개명을 했어요?"

나는 아까부터 궁금했던 것을 물었다. 다른 집안도 아니고, 왕족이 어떻게 일본식으로 이름을 바꿀 수 있는지 이해가 안 되었다. 하지만 간사님이 씁쓸하게 고개를 끄덕였다.

"아무튼 자, 보자. 여기 보면 미야모토 겐이 창씨개명 서류에 등록한 건 1940년 3월이야. 하지만 이헌석이 1930년부터 미야모토 겐이라는 이름을 썼다는 기록이 많이 남아 있지. 와세다 대학 학생부에 조선 유학생 미야모토 겐이 있는데, 우리는 이 사람이 이헌석이라고 생각해. 대학 졸업 후 이헌석의 양아버지가 세운 목재 회사와 그 후에 세운 무역 회사에도 다 같은 이름으로 등록이 되어 있거든."

"같은 사람인지 어떻게 알아요?"

"간단해. 미야모토 겐이 다니던 회사의 사장은 언제나 이중목이었으니까. 그리고 두 사람은 부자 관계. 이중목에게는 친아들이 없어서 이헌석을 양아들로 들였어. 그러니까 미야모토 겐과 이헌석은 같은 사람인 거지. 하지만 1945년 이후에는 미야모토 겐이라는 이름으로 된 행적을 찾을 수 없어. 그러다가 1949년 귀국행 연락선에 이헌석이라는 이름이 남아 있는데, 이 이헌석은 해방 전 미야모토 겐이 거래했던 가게나 가문 사람들과 계속 거래를 이어 나가고 있어. 이곳의 상인들이나 집안사람들이 미야모토 겐과 이헌석을 동일 인물이라고 여겼다는 증거지. 하지만 반민 특위가 시작되고 나서 이헌석은 한동안 사업에서 손을 뗐어. 양아버지인 이중목의 집에도 가지 않았고. 그러다가 전쟁이 나기 직전과 직후부터 다시 사업을 시작해. 친가가 있는 고향 장동에서도 꽤 시간을 보냈고. 하지만 그 시기에 그 집안사람들이 많이 죽어서 이헌석이 누구인지 증언해 줄 사람은 거의 없어졌어. 아마 독립운동가 훈장을 받지 않았다면 미야모토 겐이라는 이름은 그대로 잊혔을 거야. 하지만 이헌석이 1985년에 독립운동가 서훈을 받으면서 집안의 누군가가 투서를 했어. 그 투서에 따르면 이헌석은 두 명이야. 장원물산 이헌석은 집안에서 내쫓긴 미야모토 겐이고, 독립운동가 이헌석은 따로 있지."

"동명이인이라는 말인가요?"

지혜가 의미심장한 눈길로 나를 보았다. 나도 침을 꿀꺽 삼켰는데, 간사님은 이맛살을 찌푸리며 천천히 고개를 저었다.

"투서를 보면 그런데, 증거가 없어. 그래서 그대로 믿기에는 무리가 있지. 그때는 주민 등록 등본도 없었으니, 출생 신고가 남아 있는 것도 아니고 말이야. 투서를 보면 미야모토 겐 아니면 이헌석은 만주에서 독립운동을 했던 이헌원의 친동생이야. 이헌원의 집안은 의병을 일으켜서 장동에서 존경받던 집안이었는데, 이헌원이 만주로 가기 몇 해 전에 그 집에 일본 순사를 죽인 사람이 숨었었나 봐."

"이름이 뭔데요?"

"이름난 분은 아니지만, 순사를 죽이고 만주로 넘어가기 전에 장동 이웃 동네인 율촌 이헌원 집에 숨었던 거지. 그런데 장동 종가의 어른이던 이헌원의 할아버지가 의병을 일으킨 다음부터 장동댁과 율촌댁 모두 감시를 받는 중이었거든. 이 감시를 풀어 준다면서 나선 사람이 먼 일가였던 이중목인데, 오히려 그 사람이 다녀간 뒤로 집안이 한바탕 뒤집어진 모양이야. 어찌 알았는지, 독립투사도 잡혀가고, 이헌원의 아버지도 숨겨 줬다는 이유로 감옥에 갇히고……. 조사 위원회가 알아본 바로는 그때 이중목이 이헌원이나 이헌석을 양자로 달라고 왔는데, 일언지하에 거절을 당했다는 거야. 그 보복으로 순사들이 들이닥친 거지. 그때 이헌석, 그러니까 미야모토 겐은 서울에서 고등학교를 다니는 중이었는데, 순사들이 거기까지 찾아가서 망신을 주었나 봐. 그 일로 퇴학도 당하고. 그런데 그 일이 있고 나서 얼마 뒤에 이중목의 호적에 이헌석 이름이 올라갔어. 양자가 된 거야."

"양자라면 입양되는 거 아니에요? 고아도 아닌데, 어떻게 입양을 가요?"

"그 당시에는 아들이 여럿이면 아들 없는 친척 집에 양자로 보내기도 했어. 하지만 이헌석은 이미 다 자란 상태에서 양자로 간 거라 이중목과 같이 살지는 않은 것 같아. 미야모토 겐으로 이름을 바꾸고 바로 도쿄로 유학을 갔거든. 이중목은 이헌석의 친아버지와 먼

친척 관계인데, 예순이 다 된 나이에 광산으로 떼돈을 벌었다고 해. 그 후부터 장동에 갈 때마다 양자를 주선해 달라고 떼를 썼다는 거야. 특히 이헌원과 이헌석 둘 중 하나를 주면 그들의 아버지도 감옥에서 빼내 주고 논밭도 다시 사 주겠다고 했다네. 하지만 일언지하에 거절당했는데, 이헌석이 제 발로 양자가 되고 창씨개명도 해 버린 거지. 그 덕인지 친아버지가 감옥에서 나왔지만, 그 일로 부자간에 의가 끊어졌다지……. 그리고 얼마 안 가 그 형인 이헌원이 만주로 떠났지."

"그럼 이헌석은 그때부터 친일파가 된 거예요?"

"그게 좀 이상해. 이헌원은 만주 기록에도 남아 있는데 이때 함께 독립 투쟁을 한 사람이 친동생이었다는 거야. 미야모토 겐이 도쿄에 있던 시기에 이헌석은 만주에서 형 이헌원과 같이 독립운동을 했다는 거지. 헷갈리지?"

"네, 혹시 독립운동을 하려고 일부러 이름을 바꾼 게 아닐까요?"

"하하, 해방 후에 장동 마을에도 그렇게 생각한 사람들이 있었다더라. 이헌석이 마음을 고쳐먹고 아버지에게 용서를 받기 위해 형과 함께 만주로 갔다고. 하지만 만주에서의 기록은 많지 않아. 오히려 미야모토 겐의 기록이 훨씬 많지. 투서를 믿으면 의문이 풀리기는 해. 독립운동을 한 이헌석은 이헌원의 친동생이 아닌 의동생이니까. 만주의 이헌석은 이헌원과 의형제를 맺었을 뿐 아니라, 실제로 집안의 양자가 되었다고 해. 양자가 되기 전 이름은 이탄환이었다는 말이 있지만 우리는 그 이름도 가명일 거라고 생각하고 있어."

"가명요?"

"별명. 독립운동가들은 가명을 많이 썼거든. 만주의 이탄환 하면 발이 총알처럼 빠르고 사격 솜씨도 대단하기로 유명했지. 어쨌든 이탄환은 만주에서 죽었고, 이헌원은 해방 후에 의동생 이헌석의 묘를 만들었다지."

"그러면 그 묘를 찾아가서 확인하면 되지 않나요? 장원물산 회장님이 미야모토 겐인지 이헌석인지 알려면."

"그래서 80년대에도 조사팀이 장동까지 갔었나 봐. 하지만 아무도 그 묘가 어디 있는지를 몰랐다는 거야. 어쩌면 안 찾았을지도 모르지만."

"어째서요?"

"조사팀을 장동까지 태워다 준 것이 장원물산 이헌석 회장이라니까 말 다 했지. 이헌원 선생이 만들었다는 묘를 찾았으면 모를까, 아무리 뒤져도 묘가 없는 데다, 지켜보는 늙은 회장님 앞에서 대놓고 가짜라고 하기가 곤란했겠지. 그 후에 투서는 유야무야되고, 이헌석 회장이 그대로 훈장을 받은 거야."

"헐, 만약에 그 회장님이 가짜라면 너무한 거 아니에요?"

"진짜라면 다행인 거고. 그 회장님은 자기가 철없을 때 일본에 유학을 갔다가, 그곳에서 조선인이 차별받는 것을 보고는 형님께 사죄하기 위해 만주로 갔다고 말했어. 그러다가 형님이 만주에서 상하이로 옮겨 갈 때 자기는 독립운동 자금을 벌기 위해 다시 도쿄로 갔다고."

"정말이에요? 그러면 친일하는 척을 했다는 거네요?"

"하지만 그것도 회장님 말뿐, 증거는 없어."

"그럼 지금이라도 투서에서 말한 증거가 있다면 이헌석이 친일파였다는 게 밝혀지겠네요?"

지혜가 간사님에게 물었다.

"쉽진 않아. 만주에서 발견된 유품을 들이대도 장원물산 측에서는 그것이 누구 것인지 어떻게 알겠냐고 무시하고 있으니까……."

"유품요?"

"응. 중국에서 발견된 진짜 독립운동가 이헌석의 유품. 거사 전날 이헌원 앞으로 보낸 유언장인데, 정작 이헌원은 그걸 찾지 못했는지, 5년 전에야 만주 용림동에서 발견되었지. 옛날 독립운동가들이 사용했다는 집을 조사했는데, 거기에서 독립운동가들의 기록이 여럿 발견되었어. 유언장은 나무 책상 서랍 깊은 곳, 밀랍으로 봉인된 철제 상자 안에 있었고."

"뭐라고 써 있었대요? 자기가 진짜 이헌석이라고 써 있었어요?"

"하하, 그럴 리가……. 다른 사람들 몰래 먼저 거사를 실행하는 이유와 형님에게 몸조심하라는 말만 있어. 그리고 자신의 시신 대신 고향으로 보내 달라며 손톱, 발톱, 머리카락을 봉투에 넣어서 보관해 놓은 거지. 하지만 장원물산에서는 다른 사람의 유품이라고 주장하고 있어."

"흠……. 이헌석의 형님이 보고 말해 줄 수 있잖아요."

"이헌원도 그런 게 있는 줄 몰랐을 거야. 그 사건은 유명한데 이헌

석이 단독으로 한 거사거든. 원래 거사일은 다음 날이었는데, 이헌
석이 혼자 일을 해낸 거지. 덕분에 이헌원과 다른 투사들은 살아남
을 수 있었고."

"왜 혼자 했을까요?"

"그날 밤에 무슨 이유에선지 그 인근의 헌병들이랑 순사들이 모였
다고 해. 그 사실을 알게 된 이헌석이 독립투사 한 명에게만 연락을
하고 폭탄을 던진 거야. 기록을 보면 이탄환이 폭탄을 안고 주재소
안으로 뛰어들어서 주재소 안에 있던 사람은 한 명도 살아남지를 못
했다고 해. 그 혼란을 틈타서 다른 분들이 무기고에서 무기를 꺼내
도망을 쳤고. 이헌원 선생은 그 후, 다시는 만주로 가지 않았어."

간사님의 말을 듣고 있던 지혜가 물었다.

"재벌 회장님이었다는 이헌석은 건강했나요?"

"어떤 면에서?"

"폭탄이라면서요. 독립투사였다면 죽지는 않았다고 해도 어딘가
다치기는 했을 거 아니에요?"

"네 말이 맞아. 하지만 이헌석 회장이 건강한 게 증거는 될 수 없
어."

"간사님은 재벌 회장님 편이에요? 유언장도 나왔다면서 왜 그쪽
편만 들어요?"

지혜가 짜증을 내자 간사님이 씩 웃었다.

"편을 드는 게 아니라, 검증을 완벽하게 하려면 아주 작은 가능성
도 다 살펴야 해. 너는 재벌 회장님이 거짓말을 한다고 믿는구나?"

"네! 진짜 이헌석이 독립운동가라면 죽어서도 억울할 거 같아요. 너무 나빠!"

지혜의 말에 나도 모르게 고개를 끄덕였다. 하지만 한편으로는 혼란스러웠다. 만약 독립운동가 이헌석이 우리 증조할아버지라 해도 태어났을 때는 이헌원의 동생이 아니었다는 말이니까. 그분은 왜 장동 이씨 집안의 양자가 되었을까? 원래 이름은 뭘까? 양자라도 장동 이씨가 맞는 걸까?

돈

조사 위원회 사무실을 나와서 엘리베이터가 1층에 도착할 때까지, 우리 둘 다 말이 없었다. 묻고 싶은 건 많았지만, 대답해 줄 사람은 서로가 아니었다.

"지하철 타고 서울역으로 가는 게 낫겠지?"

지혜의 말에 고개를 끄덕이려는 순간, 문자 메시지가 왔다.

―축하합니다. 학생이 장원 영재 장학금 수혜자로 결정되었음을 알려 드립니다. 장학금 수혜자는 7월 31일까지 주민 등록 초본과…….

걸음을 멈추고 앞부분을 다시 읽었다. 분명히 내가 장학금을 받게 되었다는 뜻이었다. 하지만 갑자기 왜?

"야, 안 오고 뭐 해?"

앞서가던 지혜가 돌아보더니 단걸음에 내 옆으로 뛰어왔다. 나는 멍하니 지혜를 보았다.

"뭔 일 있어? 왜 멍청한 얼굴을 하고 있어?"

나는 대답 대신 문자를 지혜에게 보여 주었다. 지혜 얼굴이 환해졌다.

"우와, 이지온! 이게 그 장학금이지? 라일고 등록금 다 커버할 수 있다는?"

지혜 말을 들으니 굉장히 좋은 일이라는 것이 생각났다. 하지만 기분은 그렇게까지 좋지 않았다. 장학금을 받기만 하면 모든 문제가 사라질 거라 생각했는데, 갑자기 이런 문자를 받자 머릿속이 어지러워졌다.

"이상해…… 갑자기 왜 준다고 하지?"

내 말에 지혜가 대답했다.

"합격했으니까 주겠지. 성적 충분하다고 센 척하더니, 불안했었구나?"

"그게 아니라, 이거 원래는 장동 이씨가 아니라서 안 된다고……. 아!"

갑자기 머릿속에 스파크가 일어난 것 같았다.

"뭔 말이야? 장동 이씨가 뭐?"

나는 급히 할아버지에게 전화했다. 하지만 할아버지는 전화를 받지 않았다.

"축사에 계시나? 전화가 안 돼."

"이제 축사에서 나오실 시간인데? 다시 해 봐. 그런데 할아버지는 왜?"

"우리 시험 기간 동안 할아버지 집에 안 계셨지?"

"뭔 소리야? 매일 축사 청소하고 소 사료 주고 그러셨지."

지혜가 어이없다는 표정을 지었다. 시험 기간 동안 할아버지를 못 본 건 내가 방에 틀어박혀 있었기 때문이다. 그런데도 나는 왠지 할아버지가 집을 비웠던 것만 같았다.

"지혜야, 먼저 가. 나는 어디 좀 갔다 갈게. 집에 할아버지 계시면 나한테 문자 좀 해 줘."

"뭐냐? 나 버리고 어디 가려고?"

"확인할 게 있어."

"뭐, 뭐? 이헌석에 대해 조사하는 거면 나도 같이 가."

"그게 아니라, 장학금. 갑자기 왜 준다는 건지 알아봐야겠어."

벌써 5시가 되어 가고 있었다. 보통 6시에 퇴근이니, 종친회 사무실도 6시까지일 거란 생각이 들었다. 나는 지혜에게 잘 가라고 손을 흔들고 나서 버스 타는 곳으로 달려갔다.

o · o o o

종친회 사무실로 들어가는 것은 쉽지 않았다. 1층에 있는 경비 아저씨에게 부탁했지만, 연결해 주려고 하지 않았던 것이다. 나는 하는 수 없이 문자를 보여 주었다.

"저, 이번에 장학금 받았다는 문자를 받아서 온 거예요. 그래서 7027호에 가려는 거고요."

"장학금? 아, 감사 인사 하러 온 거구나? 일단 연락이나 해 보마."

경비 아저씨는 장학금이란 말에 드디어 종친회장에게 전화를 걸었다. 그런데 통화하는 걸 들어 보니 그냥 보내라는 말을 하는 것 같았다. 얼른 경비 아저씨 옆에 바짝 붙어서 소리를 질렀다.

"할아버지, 왜 장학금 주는 거예요? 저번엔 안 된다고 했잖아요. 우리 증조할아버지 이름이랑 여기 회장님 이름이 같다면서요? 이상해서 물어보려고 왔어요."

경비 아저씨가 나를 밀쳐 내려고 했다. 나는 경비 아저씨 팔을 힘껏 붙잡고 마지막으로 궁금한 것을 전화기에다 외쳤다.

"미야모토 겐! 할아버지는 알죠? 이 이름!"

경비 아저씨가 온 힘을 다해 밀쳐 내는 바람에 나는 바닥에 나뒹굴었다. 결국 만나지 못하는 건가? 분한 마음에 주먹을 불끈 쥐고 일어서는데, 뜻밖에도 경비 아저씨가 출입문을 열어 주었다. 경비 아저씨가 투덜거렸다.

"뭐야, 이랬다저랬다……. 그나저나 넌 무슨 힘이 그렇게 장사냐?"

"원래 우리 집이 장사 핏줄이래요. 그러니까 그냥 문을 열어 주었으면 좋았잖아요. 어쨌든 죄송합니다."

나는 아저씨에게 꾸벅 인사하고는 엘리베이터를 타고 7층으로 올라갔다.

"너희 할아버지가 알려 줬냐?"

종친회장은 내 인사가 끝나기도 전에 퉁명스레 질문부터 던졌다.

내가 대답하지 않자 종친회장이 다시 짧게 내뱉었다.

"그 이름."

"미야모토 겐요? 원래 알고 있었는데요?"

"거짓말 마라. 너희 할아버지가 알려 준 꿍꿍이가 있었겠지."

앉으라고 하지는 않았지만, 나는 지난번과 같은 자리에 앉았다.

"꿍꿍이라니, 회장님이야말로 우리 할아버지가 안다는 걸 어떻게 아세요? 역시 우리 할아버지를 만난 거죠?"

"호오, 넌 마치 아무것도 모른다는 듯이 말하는구나."

"뭘 알아야 하는데요?"

"네 할아버지가 날 찾아와 협박한 사실을 몰랐다는 거냐?"

뜻밖의 대답에 아무 말도 나오지 않았다. 나는 눈을 깜박거리며 협박이라는 낱말의 뜻을 생각해 냈다.

"몰랐던 모양이군. 하긴, 그런 몰상식한 짓을 하면서 창피한 줄도 모르면 인간 말종이지."

"왜 우리 할아버지 욕을 하세요? 그리고 우리 할아버지가 종친회 장님을 협박했다니, 말씀이 너무 심하신 거 아니에요?"

"심한 건 날 협박한 네 할아버지지."

"말도 안 돼. 우리 할아버지는 그런 분 아니에요. 그리고 그럴 이유가 없잖아요!"

"정말 몰라서 묻는 거냐? 문자를 받았다면서?"

"문자……? 장학금 문자요?"

"그래."

"그게 우리 할아버지랑 무슨 상관이에요?"

이렇게 말하는데 순간 등골이 서늘해지며 느낌이 좋지 않았다. 종친회장은 그런 내 기분을 다 안다는 듯 입술을 실룩이며 비웃었다.

"너도 이상해서 왔다면서?"

"저는, 그러니까 제가 장동 이씨라는 증거가 어디에서 나왔는지 궁금해서 왔어요. 혹시 종친회장님이 우리 할아버지를 믿을 만한 증거를 찾으셨나 해서요."

갑자기 종친회장이 큰 소리로 웃었다. 하지만 눈은 전혀 웃음기가 없어서 기분 나빴다.

"증거? 하하, 장동 이가도 아닌데 그런 게 있을 리가? 차라리 적선 좀 해 달라고 했으면 더 빨리 돈을 내줬을 텐데……. 같은 집안이라고 거짓말을 하다가 안 통하니까 나중에는, 응? 곧 황천길에 가도 이상하지 않을 인사가 기운이 남아도는지, 역시 천한 핏줄이라 힘만 남아도는지……."

무슨 말인지 알 수 없었다. 하지만 진짜로 궁금한 이야기를 듣기 위해 아무 말도 하지 않고 종친회장의 비웃음을 참았다.

"알겠니? 장학금은 네 할아버지 협박 덕분에 받는 거란다. 불우이웃 돕는 셈 치고. 하지만 그게 네가 장동 이가라는 뜻은 아니야."

"제가 왜 불우 이웃이에요? 그리고 저는 확실하게 장동 이씨, 이지온이라고요! 떳떳하게 장학금을 받을 수 있어요."

"떳떳하다고? 그렇다면 네가 너희 할아버지를 말렸어야지. 너도 자신이 없으니까 할아버지 뒤에 숨은 거 아니냐?"

"숨긴 누가 숨어요? 저는 할아버지가 어디 가는지도 몰랐단 말이에요! 그리고 우리 할아버지는 정정당당한 게 최고라고 항상 말씀하셨어요. 힘이 아무리 세도 남을 협박하는 분은 아니시라고요!"

"하하, 할아비나 손주나 거짓말 솜씨는 그럴싸하구나. 쯧, 협박범의 피는 속일 수가 없으니."

"뭐라고요? 협박범이라는 말씀 취소하세요."

"취소하지 않겠다! 네가 너희 할아버지가 한 짓을 봤으면 그런 말 못 할걸? 아주 서슬이 시퍼레서 나를 찾아와서는……."

"우리 할아버지가 할아버지를 때리기라도 했다는 말이에요?"

"허! 내가 이 나이에 누구한테 매를 맞아?"

"그런데 뭐가 협박이에요?"

"너는 한술 더 떠서 주먹질을 하고 다니나 보지? 막돼먹은 인간말짜들."

"전 주먹 안 써요. 인간말짜란 말도 취소하세요!"

"그게 뭐라고? 네 할아비가 한 말에 비하면 아무것도 아닌데."

"뭐라고 하셨는데요?"

"나 참, 똥이 더러워서 피하지 무서워서 피하나……."

"똥이라니! 할아버지야말로 계속 폭력적인 말만 하고 있는 거 아세요? 우리 할아버지는 절대로 그런 말 안 한다고요! 무슨 말을 했는지 대답도 안 해 주면서 왜 말끝마다 협박이라고 하는 건데요?"

"말로 돈을 뜯어냈으면 협박이지."

"회장님이 찔리니까 돈을 준 건 아니고요? 아아, 알겠다! 여기 회장님이 미야모토 겐이죠? 사실이 아니라면 우리 할아버지를 왜 무서

위한 건데요?"

"누가 너희 같은 사람들을 무서워하겠니? 다만, 푼돈 때문에 우리 집안과 장원물산에 귀찮은 일이 생기는 게 싫어서……."

"거짓말! 친일파라는 게 쪽팔려서 그런 거면서……."

"친일파? 누가 그래, 친일파라고?"

종친회장 얼굴이 벌겋게 달아올랐다. 나는 갑갑했던 가슴이 시원해졌다.

"그럴 줄 알았어! 미야모토 겐이 증조할아버지 걸 훔친 거였어."

"증거가 있어? 그런데 넌 미야모토 겐이라는 이름은 어떻게 안 거냐?"

순간 할아버지는 어떻게 미야모토 겐을 알고 있는지 궁금했다. 장원물산 회장이 미야모토 겐이라는 증거를 할아버지가 가지고 있을까? 그렇다면 왜 우리에게 말해 주지 않았을까? 증거가 있다면 조사위원회에서도 좋아할 텐데…….

"늙은이가 신용도 없는 모양이군."

"그 이름은 조사를 조금만 해도 나와요. 그런데 왜 장원보에는 미야모토 겐이라는 이름이 안 나오는 거죠? 장원보는 장동 이씨의 역사를 담은 책이라면서요? 그렇다면 부끄럽더라도 잘못한 사람들 이름도 다 적어 놔야 하는 거 아닌가요?"

"뭐라고? 이게 보자 보자 하니까 터진 입이라고 아무 말이나 내뱉고 있구나! 명심해라. 너희 할아버지는 장학금을 받는 대신 더 이상 떠들지 않기로 했다. 그러니 너도 그 이름을 떠들고 다니면 안 돼,

알겠니? 계약 파기가 얼마나 무서운지 알고 싶다면 모를까."

"장학금을 받는 대신……?"

뜻밖의 말에 말문이 막혔다. 설마 할아버지가 장학금을 받는 대가로 그 증거를 없앤 것일까?

"그까짓 도장이며 증서가 뭐라고, 그따위로 남의 회사를 망쳐."

"도장? 증서? 맞죠! 우리 할아버지가 증거를 갖고 온 거죠? 장원물산 회장님 진짜 이름은 이헌석이 아니라 미야모토 겐이라는……. 미야모토 겐이 진짜 이헌석의 독립운동을 훔친 거죠?"

"얘가 무슨 소리를 하는 거야? 쪼그만 게 감히 뭘 안다고 선대 회장님 함자를 들먹여?"

"저도 다 알아요. 신문 기사랑 조사 위원회 보고서를 봤다고요! 도쿄로 가서 친일했던 미야모토 겐이 우리나라로 돌아와서 장원물산을 만든 거잖아요! 그 증거를 우리 할아버지가 갖고 있었던 거예요, 그렇죠?"

"그런 거 없다."

"회장님은 왜 우리 할아버지 말을 들어준 건데요?"

"선대 회장님이 미야모토 겐이든 이헌석이든, 뭐가 중요하냐? 너희 같은 종자들은 이미 돌아가신 분을 욕되게 하면서도 부끄러운 줄 몰라. 어려서 모르는 모양이다만 이런 걸 명예 훼손이라 하는 거야!"

"돌아가신 분이래도 잘못한 건 잘못한 거죠! 게다가 미야모토 겐이야말로 명예 훼손 아니에요? 자기보다 먼저 돌아가신 분의 명예를 훼손한 정도가 아니라 훔쳤으니까요! 그러니까 누가 친일파인지 확실하게 하는 게 중요하죠. 명예 훼손을 막기 위해서!"

"얘가 뭐라고 하는 거야, 지금⋯⋯."

"종친회장님은 진짜 장동 이씨가 맞아요? 회장님이 장동 이씨라면 진짜 독립운동가의 후손인데, 분하지도 않아요? 장원물산 회장님이 이헌석 할아버지의 명예를 훔친 건데⋯⋯. 게다가 일본인처럼 살았으면 그 후손도 한국인은 아닌 거죠. 장동 이씨는 더더욱 아니고요!"

"어리다고 오냐오냐 봐줬더니, 못 하는 말이 없어? 망해 가는 장동 이가를 일으켜 세운 분이 누군데? 그 회장님 아니었으면 장동 이가들이 밥술이라도 뜨고 살았을 줄 알아? 종갓집 새로 짓고 선산 정비하고, 해마다 제사 비용까지 대는 게 누군데 은혜도 모르고⋯⋯. 그뿐인가? 네가 받은 그 장학금도 돌아가신 회장님께서 주시는 거야! 설사 친일을 좀 했기로서니 장동 이가들 먹고살게 해 준 분 뒤를 들춰서 뭐 어쩌겠다는 거야?"

종친회장의 입에서 침이 막 튀었다. 나는 얼굴을 찌푸렸다.

"헐, 그러면 회장님은 친일파여도 상관없다는 거예요? 죽은 회장님이 친일한 게 잘했다는 얘기예요?"

"그 당시에 친일을 안 한 사람이 몇이나 있다고 그래? 이름도 그래. 창씨개명을 안 하면 공부며 사업이며 할 수 없다는데, 안 할 재간이 있어? 너희들도 별수 없었을 거다. 그깟 이름이 뭐라고? 나는 우리 선대 회장님께서 아주 잘하셨다고 생각한다."

"미야모토 겐은 창씨개명을 하라고 하기도 전에 이름을 바꿨대요. 잡지에 천황에게 충성하겠다는 글도 쓰고, 학생들에게 일본군에 들어가서 죽으라는 연설도 하고, 게다가 일본에 전투기도 사 주고요. 그래도 미야모토 겐이 잘했다고 하시는 거예요?"

"전투기라니, 증거 있어? 그런 옛날 일을 들추는 게 다 무슨 소용이야? 너처럼 앞날 창창한 어린아이가 옛날이야기나 파헤쳐 봐야 백해무익일 뿐이다. 그럴 시간에 미래를 위해 공부를 하는 게 도움이 되지 않겠니? 그리고 큰 사업을 하다 보면 하기 싫어도 해야 하는 일들이 있는 거다. 쥐뿔도 없는 것들이……. 그러면서도 돈만 주면 좋아들 하지."

"뭐라고요? 우리 할아버지한테 하는 말이에요?"

"너만 해도 그렇지 않니? 그렇게 불순한 생각을 갖고 있으면서도 장학금은 넙죽 받겠다고 온 거잖냐."

"장학금……."

나는 말문이 막혔다. 종친회장은 비웃으며 자리에서 일어났다.

"그만 가거라. 나도 우리 회장님이랑 함께 퇴근해야 한다. 그리고 너희 할아비한테 전해라. 원하는 돈 줬으니, 입 다물고 살라고. 에잇, 거지 같은 것들이 설쳐서 기분만 잡쳤네."

나는 사무실 문을 나서는 종친회장을 붙잡았다.

"우리가 왜 거지 같아요? 사과하세요!"

"남의 돈 공짜로 받으려고 하는 게 거지가 아니면 뭐냐?"

종친회장은 뛰다시피 빠른 걸음으로 엘리베이터로 갔다. 나도 뒤질세라 따라가며 소리쳤다.

"돈 안 받을 거니까 사과하라고요!"

엘리베이터 앞에 서 있던 종친회장은 돈을 안 받겠다는 말에 나를 흘긋 쳐다보았다.

"안 받는다고? 아무튼 어린것들은 생각이 없어. 너희 할아비도 안 됐다. 애써 구걸한 공도 모르고 세상모르게 날뛰는 손자라니. 성적이 좋다는 것도 믿을 수 없구먼."

"우리 할아버지는 구걸하지 않았다고요! 그리고 나도 돈 받기 싫어요! 그까짓 친일파……."

그때 엘리베이터 문이 열렸다. 종친회장의 얼굴이 일그러졌다. 엘리베이터 안에는 종친회장과 비슷하게 늙은 노인이 서 있었다.

"회장님, 혼자 내려오십니까?"

"예, 이사님과 같이 가려고요. 그런데 저 아이는 누구기에……."

"아무도 아닙니다. 내려가시지요."

종친회장은 회장이 탄 엘리베이터 안으로 냉큼 들어섰다. 나도 얼른 뛰어들었는데, 종친회장이 나를 밀쳤다. 나는 엘리베이터 입구에 버티고 서서 열림 버튼을 누른 채 종친회장을 노려보았다.

"거지라고 한 거 사과하기 전에는 못 가요! 자기는 친일파도 자랑스럽다고 했으면서, 누구를 욕하는 거죠?"

종친회장이 곤란한 표정으로 나를 노려보자 회장이 나를 위아래로 살펴보았다.

"친일파라니, 그게 무슨 말이니?"

"네. 미야모토 겐은 친일파인데, 저 할아버지는 친일을 해도 괜찮다고 하잖아요."

"미야모토 겐……을 네가 어떻게 아니?"

내가 대답하려는데, 종친회장이 나를 밀치며 답했다.

"별일 아닙니다, 회장님. 저 아이와 할아비라는 자가 가짜 족보를 갖고 와서는 장학금을 내놓으라고 협박했습니다. 무시하려다가 요즘 기사도 뜨고 해서 돈 좀 내주고 보냈는데, 그게 적다고 생각했는지 저 애를 앞세워서는……."

"가짜 족보 아니에요! 그게 가짜 족보라면 돈을 줬을 리 없잖아요. 솔직히 종친회장 할아버지도 우리 증조할아버지가 이헌석이라는 걸 아는 거죠? 그게 무서워서 장학금 준다고 한 거죠? 장원물산 회장님이 독립운동가가 아니라 도둑 친일파 미야모토 겐이라는 게 알려질까 봐."

"이 자식이! 입 닥치지 못해?"

종친회장의 얼굴이 붉으락푸르락해졌다. 그때 가만히 천장을 보던 회장이 입을 열었다.

"이헌석이 네 증조할아버지라고?"

"네!"

"그래, 그렇다면…… 너는 우리 집안 종의 자손이로구나."

갑작스러운 말에 멍해졌다. 그사이 회장의 얼굴에 차가운 미소가 보였다. 엘리베이터 문이 닫혔다.

"나도 집안 얘기라면 좀 안다. 우리 큰아버님이 독립운동을 하러 가실 때, 집안에서 딸려 보낸 종이 하나 있었다지. 이름이 바우던가. 제법 총도 다룰 줄 알고 몸도 튼튼해서 주인 모시는 데는 제격이라고. 그런 바우가 만주에서 주인을 대신해 죽었기에, 집안에서 그 공을 기려 양자로 올려 주셨다는 말이 있긴 하더라만, 아무리 찾아도 그 증거를 찾을 수가 있어야지. 그런데 이제 와 우리 아버님 함자까지 들먹이니, 이것 참 골치가 아프구나. 우리 아버님이 집안 어르신께 양자로 뽑혀 가긴 했다만, 그렇다고 생부가 물려주신 핏줄과 함자까지 달라질 리가 없지 않겠니? 혹여 진짜 바우를 양자로 들였더라도 이름은 다른 걸 쓰셨겠지. 아무튼 다른 자손도 아닌 바우 자손이 나서서 내 아버님을 욕되게 하는 건 참을 수 없구나. 진짜로 주인을 대신해 목숨을 버렸다면 나라도 칭찬해 줄 생각은 있는데 말이다. 바우의 증손자라면 장동 이가가 맞다고 쳐도 좋겠지."

드디어 장동 이씨라는 말을 들었는데, 하나도 기분이 좋지 않았다. 뭔가 말해야 한다고 생각했는데, 아무 말도 나오지 않았다. 회장은 급할 것 없다는 듯 느릿느릿 말을 이었다.

"그래도 말이다, 애야. 한낱 종 따위가 하루아침에 양반입네 할 수는 없지 않겠니? 귀한 핏줄이라는 게 한두 해 이어지는 것이 아니거든. 우리 집안 어르신들도 그 사실을 잘 알고 계셨으니 족보에 기록이 없는 걸 테지. 기왕 돈도 주었다 하니, 요긴하게 쓰거라. 원한다면 장원보를 고쳐서라도 이름을 올려 주지. 대신 내 아버님 함자를 들먹여서는 안 돼. 그건 핏줄까지 헷갈리게 되는 일이니. 종 주제에 주인 집안의 명예까지 등에 업고 살면, 자랑스러운 명문가 핏줄은 어떻게 지킬 수가 있겠니?"

뭐라고 대답할 말을 찾기도 전에 엘리베이터가 1층에 도착했다.

문이 열렸다. 두 노인은 빠른 걸음으로 로비로 나갔다. 주변에 있던 사람들이 고개 숙여 인사했다. 나는 두 사람의 뒤를 따라갈 수가 없었다. 다리에 힘이 빠지고 머리를 세게 맞은 듯 멍했다.

다섯 개의 도장

"왜 울었는지 정말 말 안 할 거야?"

차창에 기대어 멍하니 있는데, 아빠가 자꾸 말을 걸었다.

"이거 엄마가 싼 김밥이야. 좀 먹어."

내키지 않았지만 김밥을 받았다. 아빠가 움직일 때마다 소똥 냄새가 나서 김밥 먹을 상황은 아니었다. 아빠가 목욕도 안 하고 서울까지 달려온 건 내가 울었기 때문이다. 장원 C&T 빌딩 앞 화단에 걸터앉아 있을 때, 아빠한테 전화가 왔다. 아무 생각 없이 받았는데, 아빠 목소리를 듣자마자 눈물이 터졌다. 이유는 알 수 없었다. 아빠는 깜짝 놀라서 그대로 차를 몰고 온 것이다.

"혼자 갈 수 있는데……."

"너무 캄캄한데 위험할까 봐 왔지. 많이 기다렸어?"

아빠는 내가 울음을 그칠 때까지 전화를 끊지 않았다. 하지만 멍하니 아빠를 기다린 시간이 통화 시간보다 더 길었다. 아빠는 차에 타자마자 왜 울었느냐고 묻기 시작했다. 하지만 대답이 나오지 않았

다. 비밀로 할 생각은 아니었지만 머릿속이 복잡해서 그런지 정리가
안 되었다.

"지온아, 엄마랑 의논해 봤는데, 너 라일고 시험 봐. 아빠가 무슨
일이 있어도 보내 줄게."

아빠가 나를 보며 씩 웃었다. 굉장히 자랑스러운 듯한 표정이었지
만 똥 냄새 풀풀 나는 아빠가 멋져 보이지는 않았다.

"아빠 돈 없잖아. 축사 고치느라 진 빚도 하나도 못 갚았지?"

"빚? 아이고, 누가 그런 얘기까지 했어? 그래서 장학금 받겠다고
그랬던 거야? 걱정 마. 아빠 빚은 빚이 아니라 투자야. 소들 잘 크고
있고 우유도 많이 나와서 금방 갚을 수 있어. 투자한 김에 우리 지온
이한테도 투자하면 돼. 협동조합에서 그 정도는 대출할 수 있으니까
너는 하고 싶은 거 다 해."

"아빠는 라일고 가는 거 반대 아니었어? 의사 되는 것도 별로라고
했잖아."

"그건…… 네가 고생할까 봐 그랬지. 그리고 나는 네가 과학자가
될 줄 알았거든. 어렸을 때부터 실험하고 그런 거 좋아했잖아. 하지
만 꿈은 바뀔 수 있는 거니까, 아빠는 네가 하고 싶은 거면 다 찬성
이야."

듣고 싶은 말이었는데, 왠지 기쁘지 않았다.

"아빠, 등록금 걱정 안 해도 돼. 라일고 안 가."

"왜?"

"그냥, 마음이 바뀌었어."

"꿈이 바뀐 거야?"

"꿈이라니, 유치하게……."

"꿈이 왜 유치해? 의사 되고 싶은 것도 꿈 아니야?"

나는 속으로 한숨을 쉬고는 그냥 고개를 끄덕였다.

"아빠가 빚을 더 내는 건 싫어. 의사가 목표이기는 하지만……."

"하지만?"

"남한테 돈 빌리는 거 싫어. 남을 협박하는 건 더 싫고……."

"협박? 그게 무슨 말이야, 이지온?"

나는 실수했다는 것을 깨달았다.

"아, 아무것도 아니야."

아무것도 아닌 척하려고 했지만, 이미 아빠의 표정은 심각해졌다. 차가 빨간 신호에 걸렸다. 아빠는 브레이크를 밟은 채 나를 뚫어져라 보았다.

"누구야? 누가 널 협박했어? 너, 그래서……. 말해 봐, 아까 왜 울었어?"

신호등이 파란색으로 바뀌었는데도 아빠는 나만 쳐다보았다. 뒤에서 빵빵거리는 소리가 들렸다. 하는 수 없었다.

"오늘 기분 나쁜 얘기를 들었어."

"무슨 얘기?"

"말도 안 되는 소리. 글쎄, 우리 증조할아버지가 종이었다는 거야."

"종? 조선 시대 노비?"

아빠의 표정이 굳어졌다.

"도대체 누구야, 그런 소리를 한 게?"

"장원물산 회장님."

"누구? 네가 장원물산 회장을 어떻게 알아?"

"어쩌다 보니 알게 되었어."

"어쩌다, 라니……. 그런데 그분이 뭘 안다고 남의 집 아들한테 종이니 뭐니 하는 거야? 자세히 말해 봐. 그래야 아빠가 따지러 가든지 하지!"

아빠는 내비게이션의 검색 버튼을 눌렀다. 당장에라도 장원물산으로 되돌아가려는 모양이었다. 나는 하는 수 없이 그동안 있었던 일들을 털어놓았다. 아빠는 점점 더 혼란스러운 표정이었다.

"그러니까 장원물산 회장이, 우리 할아버지가 자기네 집안 종이었다고 했다는 거야?"

아빠 말을 들으니 다시 울컥 울음이 나올 것 같았다. 그래서 그냥 고개만 끄덕였다. 차는 어느새 시골길에 들어서 있었다. 한참 말이 없던 아빠는 휴, 하고 바람 빠지는 소리를 내더니 창문을 내렸다. 밤 공기와 함께 멀리서 개구리 소리가 밀려 들어왔다.

"그래서 운 거야? 증조할아버지가 종인 게 싫어서?"

아빠 말에 나는 생각에 잠겼다. 종이라는 게 뭘까? 영화나 사극 드라마를 보면 양반집에는 언제나 종이 있었다. 바랜 듯한 누런 옷을 입은 종은 특별한 경우가 아니라면 단역이어서 신경을 쓴 적도 없었다. 증조할아버지도 이번 일이 아니었다면 평생 한 번도 생각하지 않았을 조상님일 뿐이었다. 그분이 종이든 양반이든 지금 내 인생은 전혀 달라지지 않는다.

"모르겠어, 아빠. 종이 뭔지도 모르는데, 난 왜 울었지?"

내 말에 아빠가 피식 웃으며 나를 보았다.

"그 회장이라는 사람, 참 한심하구나."

"한심해?"

"그렇지 뭐야, 애들끼리 싸워도 웬만하면 상대방 가족은 안 건드리잖아! 얼마나 초조했으면 너 같은 애를 상대로 유치하게."

아빠 말을 듣자 근엄한 표정이었던 회장 할아버지가 한없이 쪼잔하게 느껴졌다.

"맞아! 치사해."

아빠도 고개를 끄덕였다.

"이지온, 솔직히 아빠는 집안 이야기 잘 몰라. 그래서 증조할아버지가 종이었는지 양반이었는지 지금 당장은 뭐라고 말해 줄 수가 없어. 하지만 우리 할아버지가 종이었다고 해도 나는 장원물산 회장보다는 낫다고 생각한다."

"왜?"

"그 사람은 아버지가 친일파였다며? 그보다야 종이 낫지. 게다가 우리 할아버지가 독립운동가였을지도 모른다면서?"

"그건 확실하지 않아."

"독립운동가 집안이면 좋겠지만, 그렇지 않아도 친일한 것보다는 백배 천배 나아."

"나도 그렇게 생각해. 아빠, 그런데 우리 할아버지한테 증거가 있다고 그랬어."

"증거? 누가 그래?"

"종친회장 할아버지가. 우리 할아버지가 장원물산 회장님이 친일파였다는 증거를 갖고 협박했다고 했어. 그래서 나한테 장학금을 주기로 한 거라고. 그러면서 우리한테 거지라고 하는 거야. 그래서 내가 사과하라고 했거든? 그런데 사과는커녕 차라리 친일을 한 게 낫다고 하더라? 어떻게 그런 높은 자리에 있는 사람이 그런 말을 할 수가 있어? 장원물산 회장도 창피하지 않은 것처럼 보였어."

갑자기 쌓였던 말들이 막 쏟아졌다. 하지만 아빠는 얼굴을 잔뜩 찌푸리며 손으로 내 말을 막았다.

"잠깐만, 이지온. 할아버지가 뭘 했다고? 협박? 장원물산을 협박했다고?"

"아니, 장원물산이 아니라 종친회장. 그 할아버지가 장동 이씨 종친회 회장이거든. 그 종친회에서 장학금을 주는 거라서 할아버지는 나를 위해……."

"어휴! 아무튼 아버지는 못 말린다니까. 안 되겠다, 이러다 정말 큰일 내시지."

아빠 얼굴이 붉어졌다. 또 아빠와 할아버지가 싸울 것 같아 겁이 났다.

"협박이란 말은 종친회장이 한 말이야. 할아버지가 그랬는지 안 그랬는지 아직은 몰라."

내가 열심히 설명했지만, 아빠 입이 점점 일자로 굳어졌다.

∘ · ∘ · ∘

아빠는 차를 세우자마자 할아버지를 부르며 집 안으로 들어갔다.

"아버지! 좀 나와 보세요! 지온이 말이 사실이에요? 종친회장을 협박했다는 게 진짜냐고요?"

나는 얼른 차 문을 닫고 아빠 뒤를 따랐다. 이제 아빠와 할아버지가 싸울 차례다. 걱정되었지만, 한편으로는 할아버지 말을 듣고 싶었다.

"아버지 계시지?"

아빠의 고함 소리에 툇마루로 달려 나온 엄마와 지혜가 조용히 하라는 손짓을 했다. 하지만 아빠는 쾅쾅 소리 내며 할아버지 방으로 들어갔다. 할아버지가 이부자리를 한쪽으로 치운 채 앉아 있었다.

"동네 시끄럽게 웬 소란이냐?"

"소란요? 누가 할 소리인데요? 아버지, 도대체 무슨 일을 하고 다니시는 거예요? 장원물산이라니, 그런 델 협박해서 뭘 어떻게 하려고요?"

"협박이라니? 누가?"

"다 들었어요. 오늘 지온이가 거기 가서 무슨 소리를 듣고 왔는지 아세요?"

할아버지의 시선이 나를 향했다. 나는 할아버지 앞에 앉았다.

"할아버지, 할아버지가 나한테 장학금 주라고 하신 거예요?"

"그 소리, 어디서 들었냐?"

할아버지 표정이 심각했다. 하지만 궁금한 게 먼저였다.

"장동 이씨가 아니라서 안 준다고 했잖아요. 할아버지가 증거를 찾으신 거죠?"

"증거가 무슨 소용이야?"

할아버지가 대답을 피하자 아빠도 바닥에 앉아 따지기 시작했다.

"뭔가 있으니까, 안 되는 걸 된다고 한 게 아니에요? 도대체 무슨 말을 하셨냐니까요?"

"별말 한 거 없다. 그치들이 제 발 저려서……."

"할아버지, 혹시 우리 증조할아버지가 독립운동가 이헌석이라는 증거를 갖고 계신 거예요? 우리 할아버지가 독립운동가라면 장원물산 회장은 거짓말한 게 되잖아요."

내 말에 아빠 얼굴이 심각해졌다.

"아버지, 한 번도 그런 말씀 안 하셨잖아요. 혹시 확실하지도 않은 것 갖고 협박한 거예요? 정말 어쩌려고 그래요? 만약에 그쪽에서 신고라도 하면, 우리는 다 어떻게 하라고요? 오늘만 해도 그래요. 아버지 때문에 조상이 종이라는 소리나 듣고……."

할아버지가 나를 보았다.

"무슨 소리냐? 지온이 너 그치한테 간 거냐? 왜?"

"갑자기 장학금을 준다니까 이상하잖아요. 혹시나……."

"주면 받으면 되는 거지, 뭐가 이상해?"

"죽은 회장이 우리 증조할아버지 걸 훔쳤을지도 모르잖아요. 그런데서 갑자기 장학금을 준다니까, 혹시 자기네가 잘못한 걸 알았나 궁금했어요."

"죽은 조상이 뭐라고……."

할아버지의 미간에 주름살이 깊게 패었다.

"중요하죠! 저랑 지혜는 우리 증조할아버지가 친일파일까 봐 얼마나 걱정했는데요? 반대로 우리 증조할아버지가 이헌석이 맞는다면 진짜 친일파가 우리 할아버지 인생을 훔친 거잖아요. 그러면 증조할아버지가 얼마나 억울하겠어요? 잘못된 건 고쳐야죠!"

"그까짓 것, 독립운동가였든 친일파였든 죽은 사람이 살아 돌아오는 것도 아니고, 뭐가 달라진다고? 설사 그게 밝혀진다 해도, 한 푼이라도 이득이 있어? 지난 세월은 지난 세월이고, 당장에 내 손주 장학금 챙기는 게 낫지."

"아뇨!"

나도 모르게 큰 소리로 외쳤다. 밖에 있던 지혜가 놀라 뛰어 들어올 정도로. 갑자기 너무 화가 나서 견딜 수가 없었다.

"장학금보다 더 중요해요, 우리 증조할아버지가! 전 친일파 집안에서 주는 장학금은 싫어요. 그리고 증조할아버지한테 종이라고 한 것도 꼭 사과하라고 할 거예요!"

"종? 우리 증조할아버지가 종이었다고?"

지혜의 눈이 동그래졌다.

"뭐야? 할아버지, 아니죠?"

지혜가 거푸 물었지만 아무도 대답하지 않았다. 방 안이 조용해지니 어색했다.

얼마나 시간이 지났을까? 할아버지는 한숨을 쉬더니, 화초장 위에 놓인 낡은 나무 궤짝을 꺼냈다. 궤짝이 열리는 것은 이번이 처음이었다. 어렸을 때 보물이 잔뜩 들어 있을 거라고 상상했던 나와 지혜의 눈빛이 마주쳤다. 아빠가 할아버지를 도와 궤짝을 바닥에 내려놓았다.

"할머니 유품 넣어 놓으셨던 거잖아요? 갑자기 이건 왜……."

할아버지는 문갑에서 꺼낸 길쭉한 쇠막대 같은 것으로 궤짝에 달린 무쇠 자물쇠를 열었다. 그러고는 다섯 개나 되는 큼지막한 주머니를 꺼냈다. 할아버지가 주머니를 열자, 지혜도 다가들어 다른 주머니를 풀었다. 지혜 손만 한 누런 조각품이 있었다.

"어? 바닥에 한자가 있네? 할아버지, 이거 도장이에요?"

할아버지가 고개를 끄덕였다. 나머지 주머니에도 도장이 들어 있었다. 지혜가 도장을 꺼내는 동안 할아버지는 족보와 함께 낡은 종이 한 장을 펼쳤다. 나와 아빠는 조각을 구경했다. 매끄럽고 동그란 부분은 해 같고, 그 옆에는 커다란 나무, 그 밑으로는 물줄기 같은 게 새겨져 있었다. 아빠가 할아버지를 보았다.

"웬 도장이에요? 진짜 옥인가?"

"황옥인이라고, 황옥으로 만든 도장이다. 어머니가 돌아가시기 전에 주신 거지."

아빠가 고개를 갸웃거렸다.

"이거 지온이하고 제 이름인데……. 할머니가 지온이 이름은 어떻게 아시고……. 이건 아버지 거, 나머지 하나는 누구 거예요?"

"이 도장은 아버지의 형님, 그러니까 큰아버님이 중국에서 새겨 가지고 오신 거다."

"아버지의 큰아버님요? 그럼 거의 백 년 전이잖아요? 그런데 어떻게 우리들 이름이 있는 건데요? 이건 무슨 뜻이에요? 명자……어……귀…… 후대?"

아빠가 종이를 들고 할아버지를 보았다. 시원시원한 글씨체는 보기 좋았지만 어려운 한자가 너무 많았다.

"명자사어존귀적후대(名字賜於尊貴的後代). 귀한 후손에게 이름을 준다는 뜻이다. 밑에는 '동생 헌석의 집안이 번성하기를 바라며, 나라의 기둥이 될 이름을 남긴다. 명문을 이루어라.'라고 써 있다."

"이런 게 있는 걸 보니 종은 아니었나 보네요. 그런데 아버지는 그동안 왜 집안 이야기를 안 하셨어요?"

할아버지가 종이를 반듯하게 펴며 담담히 이야기를 이어 갔다.

"집안이나 큰아버님 함자를 입에 올리지 말라는 것이 어머님 유언이었다. 하지만 일이 이렇게 되었으니 어머니도 이해해 주시겠지. 이제 말해 주마. 내 큰아버님 함자는 이 헌 자, 원 자이시고, 본관은 장동이다. 내 아버님, 너희 증조할아버지를 동생으로 삼으신 분이지. 아버님의 본래 신분이 무엇인지는 나도 잘 모른다. 하지만 큰아버님과 형제지간이었다는 건 사실이다. 비록 양자이기는 했어도. 이 족보가 그 증거다."

지혜가 반짝이는 눈으로 나를 보았다.

"이 헌 자, 원 자……. 우리가 조사했을 때도 독립운동가 이헌원 이름을 들었는데…… 맞죠? 이헌원, 이헌석! 형님이랑 같이 독립운동을 한 독립운동가! 그렇죠?"

할아버지는 지혜를 향해 고개를 끄덕였다. 아빠는 뭔가 혼란스러운 듯 도장들을 번갈아 살펴보았다.

"그럼 여기 있는 이게 제 도장이라는 말씀이에요? 저건 지온이 거고?"

"큰아버님이 지어 주신 이름들이다. 아버님부터 5대까지, 이헌석, 이순원, 이승준, 이지온, 이우민, 이렇게……."

지혜가 손가락으로 뭔가를 세더니 도장을 들여다보았다.

"할아버지, 왜 제 건 없어요?"

"그러게. 왜 이우민이 아니지?"

지혜가 할아버지를 뚫어져라 쳐다보았다.

"쌍둥이가 태어날 줄 모르셨던 거겠지."

"그래도 하나 남잖아요."

"이건 5대까지 써야 할 아들 이름이란다."

"헐! 그런 게 어디 있어요?"

아빠가 지혜의 머리를 쓰다듬었다.

"지혜야, 이해해라. 할아버지의 큰아버님이면 옛날 분이시잖아."

"너무해!"

지혜가 부루퉁한 표정으로 입을 내밀었다.

"흥, 아들이 없었으면 도장도 쓸모없었겠네요? 아무리 옛날이라지만 어떻게 그럴 수 있지?"

나도 지혜의 말이 옳다고 생각했지만, 우선 할아버지한테 듣고 싶은 말이 많았다.

"그러니까 죽은 장원물산 회장은 절대로 이헌석이 아니라는 거죠? 분명히 미야모토 겐일 거야, 그죠? 할아버지, 우리 이거 가지고 신고해요."

오늘 처음으로 기분이 좋아졌다. 우리 증조할아버지가 독립운동가라는 증거는 아니었지만, 거짓말쟁이가 누구인지는 밝힐 수 있을 것 같았다. 그런데 할아버지가 고개를 저었다.

"그럴 순 없다."

"왜요?"

"그런 걸 밝혀 봤자 뭐가 달라지겠냐? 그 집안이 친일을 했다고 해서 망하는 것도 아니고, 괜히 장학금만 날아간다."

"할아버지! 장학금이 중요해요? 나쁜 사람들이잖아요. 친일을 하고도 훈장까지 받다니, 그 사람들이 도둑질했다는 거 알려야죠!"

"쓸데없어. 큰아버님같이 해방 후까지 살아남으신 진짜 독립운동가들도 행세 한번 하지 못하고 돌아가셨단다. 우리 집안처럼 오히려 쉬쉬하고 산 집도 많아. 어머니도 남들한테 책잡힐까 봐 고향에서 가져온 것들은 다 불태우셨단다. 하지만 이것들은 차마 태우지 못했다고 하셨지."

"왜 태워요? 나라면 자랑하고 다녔을 텐데."

"큰아버님이 월북을 하셨다. 그 일로 집안이 풍비박산이 났지. 어머니는 나까지 죽을까 봐 야반도주하셨고. 기억 속 고대광실 같은 기와집이 그 마을 살 때라는 걸 어머니 말씀을 듣고야 알았지. 그나마 내가 이 정도라도 아는 건, 면사무소 사환으로 오라 했던 양반들이 이유 없이 쫓아내서다. 어머니는 그때서야 내 탓이 아니라, 조상 탓이라고 말씀해 주셨지. 그 말씀 듣고, 일찍 공부를 접었다. 취직하려고 할 때마다 월북한 집안 자손이라는 게 밝혀질 테니……. 속 편하게 농사를 짓자 했던 거지. 그리고 나서는 어머니 유언도 있고 나도 늙어 까맣게 잊고 있었지. 조상 탓에 억울했던 일들이며 세상 돌아가는 것들 말이다. 지온이가 장동 이씨라 그 큰돈을 받을 수 있다는 소리를 했을 때, 평생 이런 일도 있구나 싶더구나. 집안에서 월북한 걸 모르지도 않을 테고, 순전히 우리 지온이가 똑똑한 자손이라 준다는데 받아야지. 지온이, 그 장학금 받아 원껏 공부해라. 할아비는 그거면 족하다."

"하지만 할아버지! 저는 장학금보다……."

내 말이 끝나지도 않았는데 할아버지가 이부자리를 폈다.

"피곤하다, 이제 다들 건너가. 지혜야, 불 꺼라."

할아버지가 돌아눕는 것을 보며, 우리는 하는 수 없이 방을 나와야 했다.

양지바른 헛묘

"할 말 있으면 해! 강아지처럼 쫓아다니지 말고."

작업복을 입은 지혜가 양손을 허리에 짚고 말했다. 아니라고 하고 싶었지만, 아침부터 지혜 주위를 맴돈 건 사실이다. 하지만 무슨 말부터 해야 할지 알 수 없었다. 나는 할아버지가 일하고 계시는 축사 쪽을 보다가 중얼거렸다.

"너무 분해!"

"나도!"

역시 우리는 어쩔 수 없는 쌍둥이다. 아무 설명도 없이 내가 무슨 말을 하고 싶은지 단박에 알아차리는 걸 보면……. 기분이 좀 나아졌다.

"아무리 생각해도 짜증 나. 어떻게 여자 이름을 짓지 않을 수 있어?"

흠, 그럼 그렇지. 지혜는 역시 나랑 안 맞는다.

"너는 겨우 그것 때문에 그러냐?"

"겨우?"

"아니, 그게 아니고…… 우리 증조할아버지 인생이 도둑맞은 거에 비하면 덜 중요하다는 말이지."

웬일로 지혜가 고개를 끄덕였다.

"인정. 하지만 나도 박물관에 전시할 수 있는 도장을 갖고 싶어."

"알았어. 내가 어른이 되면 너를 위해 여자 이름으로만 도장 다섯 개 만들어 줄게. 100년 후에 박물관에 기증할 수 있게."

"헐, 사양한다. 네가 독립운동가도 아니고, 하나도 안 멋있거든?"

"그럼 어떻게 하냐? 안타깝게도 이젠 독립운동도 할 수 없는걸?"

"헐, 이지온, 미친! 안타깝게도? 어떻게 그런 말을 하냐?"

지혜의 경멸 어린 표정에 나도 내가 한심한 말을 했다는 생각이 들었다.

"아, 취소. 내 말은, 그러니까 나는 독립운동은 못 한다는 거지."

"너처럼 말했다간 악플 만 개다."

"누구한테 말하지 않을 거지?"

"봐서……."

"야! 그런 뜻으로 한 말이 아니잖아! 훌륭한 사람이 되어서 네 후손들을 위해 도장을 만들어 줄 거라는 뜻이었다고!"

"큭, 훌륭한 사람? 네가? 뭘로?"

"뭐, 노벨상 같은 걸 타면 너라도 인정할 수밖에 없지 않겠어?"

"노벨상은 개나 소나 다 타냐? 그리고 넌 의사가 될 거라며? 노벨 의사상도 있어?"

"의학상이 있기는 하지만, 의사는 받기 힘들지. 일단은 연구를 해서 굉장한 발견을 하거나, 돈 안 받고 치료해 줘야 하는데 나는 돈을 벌어야 하거든."

"내 말이. 넌 이미 탈락이라고. 그러니까 도장은 거절이야."

지혜는 한껏 비웃는 표정이었다.

"노벨상, 받을 수도 있지."

나도 모르게 불쑥 튀어나온 말이었다. 그런데 말을 하고 나니 과학자들이 조금 부러워졌다. 재미있는 연구도 하면서 세계에서 제일 유명한 상을 받을 기회도 있는 거니까. 게다가 과학자들도 가난하지는 않을 것 같았다. 석진태 선수의 사인 볼 몇 개는 살 수 있을지도……. 게다가 진짜로 노벨상이라도 받으면 다른 사람들이 내 사인을 받기 위해 입장권을 살지도 모르는 일 아닌가? 한참 망상에 빠져 있는데, 지혜가 툭 치며 물었다.

"그래서 하고 싶은 이야기가 뭐야?"

"난 제자리로 돌려놔야 한다고 생각해."

툇마루 밑에서 긴 장화를 꺼내던 지혜가 나를 물끄러미 쳐다봤다.

"하지만 할아버지가 반대하잖아. 장학금이 더 이득이라고."

"싫어."

내가 바로 대답하자 지혜가 어울리지 않게 심각한 표정을 지었다.

"성급하게 답하지 말고 잘 생각해 봐. 나도 화는 나지만 할아버지 말씀대로 장학금이 더 이득일지도 몰라. 일단 우리 할아버지가 독립운동가라는 확실한 증거도 없고, 있다고 헤도 우리한테는 아무 이득도 없더라고. 대학 입시나 취업 때도 혜택이 없어."

"이득? 그런 것도 있어?"

"찾아봤어. 독립운동가 가족한테는 대학 등록금을 깎아 주더라. 그런데 손자 손녀한테까지만이래. 그러니까 우리 아빠까지만 혜택을 받을 수 있었던 거지. 하지만 아빠는 이제 학교에 갈 일이 없잖아. 취업도 안 할 것 같고. 이 모든 게 독립운동가의 증손자에게는 해당이 안 돼. 그런데 그 친일파 회장이 주는 장학금은 좋은 대학에 가면 또 받을 수도 있다면서? 의대는 등록금도 비싸니까, 너한테는 큰 도움이 될 거야."

지혜가 언제 그런 것까지 찾아봤는지 놀라웠지만, 나는 다 싫다는 생각이 들었다.

"하지만 증조할아버지는? 독립운동을 하다가 일찍 돌아가신 거면? 목숨까지 바쳤는데, 자기가 한 일을 남이 가로채고 가족들도 나 몰라라 하면 슬프실 거야."

지혜도 고개를 끄덕이며 한숨을 쉬었다. 나는 하룻밤 내내 궁리했던 이야기를 지혜에게 털어놓았다.

"나, 그냥 과학고 갈까 봐."

"정말?"

"응. 거기라면 이 따위 장학금도 필요 없어. 그러니까 네가 할아버지 좀 설득해 줘. 할아버지가 네 말은 잘 들어주시잖아."

"네가 말하는 게 나을 것 같은데? 공부 얘기라면 뭐든 들어주시니까."

"그래 주실까?"

"할아버지의 아빠잖아. 가장 열나는 사람은 할아버지 아니겠어? 나라면 가만히 안 둬."

지혜가 주먹을 꽉 쥐며 말했다.

"그렇겠지? 그럼 지금 같이 가자."

나는 앞장서서 축사로 내려갔다. 지혜가 쫓아오며 말했다.

"그런데 넌 정말 괜찮아? 너무 급하게 꿈을 바꾼 거 아냐?"

"꿈 아니라니까. 그리고 솔직히 그런 친일파 할아버지네 돈 받고 싶지 않아. 왠지 증조할아버지에게 부끄러워."

"올, 이지온. 조금 멋지다. 그런데 너도 장화 신어야 하지 않을까?"

"싫어. 그거 신으면 똥 치워야 하잖아. 냄새나는 거 질색."

"뺀질이. 할아버지랑 아빠랑 같이 똥 치우면서 말씀드리면 더 진심으로 보이지 않겠어?"

잠시 멈칫했다. 어느새 지혜가 긴 장화 한 켤레를 내게 건넸다. 나는 슬리퍼를 벗고 장화에 발을 들이밀었다. 꼭 똥을 치우진 않더라도 슬리퍼 바람이면 똥이 묻을 수 있으니까.

○ • • • ○

고속 도로를 지나자 긴 강을 따라 장동 마을이 펼쳐졌다. 낮은 산과 그 아래로 뻗은 밭들, 그리고 강어귀에 있는 누각. 아빠 옆자리에 앉아 과자를 먹던 지혜가 감상을 말했다.

"헐, 향화리 아냐?"

지혜의 말에 나도 고개를 끄덕였다. 하지만 차가 샛길로 들어가자 향화리와 다른 풍경도 나타났다. 좁은 도로 끝 언덕 위에 사극에서만 보던 한옥이 우뚝 서 있고, 그 아래로도 멋진 한옥이 두어 채 보였다. 좀 전에 잠에서 깬 할아버지의 눈빛이 반짝거렸다.

"할아버지, 여기가 맞아요?"

"아비가 잘 찾아왔겠지."

"아빠, 저 큰 집 같은데? 내비 끌게."

아빠는 휴대폰을 들여다보더니 고개를 저었다.

"잠깐, 저기가…… 아닌데? 내비가 이쪽으로 가라고 하네? 이상하다, 누가 봐도 저기가 종가인데…….."

아빠는 커다란 기와집 쪽으로 가는 길을 두고 샛길로 차를 돌렸다. 골목길을 천천히 지나가자 슬레이트 지붕 아래 낡은 철문을 단 집이 보였다. 길 안내도 끝이 났다.

"아버지, 여긴가 본데요? 종손 어르신이 왜 이런 데 살고 계시지?"

아빠가 차를 세우고 뒤를 돌아보았다. 할아버지는 고개를 끄덕이며 차에서 내렸다.

"지온, 아닌 것 같지 않냐? 사극 보면 대감님은 저 위에 있는 집 같은 데 살잖아."

지혜의 말에 나도 고개를 끄덕였다. 하지만 종손이라는 이순후 할아버지가 불러 준 주소는 이 초라한 집이 맞았다. 아빠가 문을 슬쩍

열며 외쳤다.

"실례합니다. 여기가 이순후 어르신 댁입니까?"

안에서 머리가 희끗희끗한 할아버지 한 분이 문 밖으로 나왔다. 푸른 여름 셔츠에 회색 양복바지를 입고 있는 모습이 마치 경로당에 가는 할아버지 차림과 비슷했다. 이순후 할아버지는 할아버지를 보더니 허리를 숙여 인사했다.

"이순원 형님이시지요? 먼 길 오시느라 고생했습니다."

"예, 아우님, 그동안 격조했습니다."

할아버지도 허리를 깊이 숙여 인사했다.

"아이고, 말씀 놓으십시오. 이쪽이 전화했던 조카님……?"

"안녕하세요, 어르신. 이승준입니다."

"작은아버지라고 해야지! 무리도 아니지. 실제로 만나는 건 처음이니. 형님이 득남했다는 소식에 물어물어 겨우 족보에 올리기는 했지만, 생전에 보는 것은 단념했었는데. 먼저 연락을 줘서 고맙네, 조카님. 이 아이들은 자네 아이들이겠군?"

이순후 할아버지가 나와 지혜를 돌아보았다. 우리는 얼른 허리를 숙였다.

"안녕하세요? 이지혜입니다. 쟤는 이지온이고요. 저희는 쌍둥이예요."

이순후 할아버지의 얼굴에 웃음이 퍼졌다.

"오, 그래? 눈매며 이마며 작은어머님을 다시 뵌 것 같구나. 우리 집안에는 딸이 귀한데, 조카님이 큰일 하셨네. 지온이는 가만 보자,

하얗고 눈이 반짝거리는 게, 율촌 아버님 모습이 좀 있습니다."

"허허, 아우님도 괜한 소리를……. 책상물림이라 햇빛을 못 봐서 그럴 겁니다."

할아버지는 손사래를 치면서도 기분이 좋은 듯했다. 이순후 할아버지는 우리 일행을 집 안으로 안내했다. 나는 아빠에게 귓속말로 물었다.

"아빠, 율촌 아버님이 누구야?"

그 말소리를 들었는지 이순후 할아버지가 뒤돌아보며 말했다.

"그래, 지온이와 지혜는 잘 모르겠구나. 내가 양자를 가서 아버님이 두 분이란다. 낳아 주신 아버님이 이 헌 자, 원 자를 쓰시는데, 언덕 너머 율촌에 사셔서 율촌 아버님이라고 부른단다."

"아! 율촌댁!"

지혜와 내가 동시에 말했다. 이순후 할아버지가 우리를 보며 빙그레 웃었다.

"너희도 율촌댁을 아는구나. 형님이 말씀해 주셨나 보군요."

"아닙니다. 어쩌다 보니……."

할아버지가 말하는데, 갑자기 지혜가 나섰다.

"율촌댁의 이헌원이라면, 독립운동가가 맞는 거죠? 그런데 할아버지는 왜 양자가 되신 거예요? 독립운동을 하면 아이를 키울 수가 없었나요?"

지혜의 말에 이순후 할아버지가 웃었다.

"하하, 종가댁에 아들이 없어서 둘째인 내가 종가로 간 거란다. 요즘 세상에는 그런 일이 없지만, 옛날에는 종종 그랬지. 그래도 어릴 적엔 율촌에서 지냈어. 형님도 기억나시죠? 작은어머님이 계실 때 말입니다."

이순후 할아버지의 말에 할아버지가 고개 너머 어딘가를 바라보았다. 지혜가 곰곰이 생각하다가 다시 입을 열었다.

"그러면 이헌석, 우리 증조할아버지도 율촌댁의 대를 잇기 위해 양자가 되신 거예요?"

이순후 할아버지가 대답했다.

"그건 아니란다. 할아버님은 아들 형제를 두셨으니까."

"그러면요?"

"나도 자세한 사정은 모르지만, 할아버님과 아버님이 작은아버님의 뜻을 귀하게 여기셨다는 것은 안단다. 좋은 뜻으로 그렇게 한 일인데, 뜻밖에도 그 때문에 너희 할아버지가 평생 고생이셨지."

이순후 할아버지의 말에 할아버지가 크게 손을 저었다.

"고생은 무슨……. 아우님이야말로 풍비박산 난 집안 건사하느라 고생 많이 하셨지요. 해방 후에 그렇잖아도 어려웠는데……."

"아닙니다. 그 세월 동안 저만 호적이 깨끗해서 무사히 공부도 하고 회사 생활을 했지요. 형님이나 율촌 식구들이 당한 곤욕을 생각하면……."

이순후 할아버지는 이렇게 말하고는 커피와 과일을 탁자에 놓았다. 그러고는 더 이상 참을 수 없다는 듯 할아버지를 보며 물었다.

"그래, 갑자기 웬일입니까? 그렇게 연락을 피하시더니……."

"그것이…… 어머님 유언이라 고향 쪽엔 발길도 안 하려고 했는데, 아이들 성화에는 견딜 도리가 없더군요. 저 아이들이 집안 내력을 궁금해합니다."

"형님, 말씀 좀 낮추십시오. 어릴 적에 같이 놀던 사이가 아닙니까? 그래, 우리 손주들은 무엇이 궁금하다는 건가?"

이순후 할아버지의 눈길이 우리를 향했다. 지혜가 나섰다.

"할아버지, 우리 증조할아버지가 진짜로 독립운동을 하신 게 맞죠? 이름은 이헌석."

갑작스런 질문에도 이순후 할아버지는 미소를 지으며 고개를 끄덕였다. 지혜가 기다렸다는 듯 따지는 투로 물었다.

"그런데 왜 다른 사람이 우리 할아버지가 한 일을 자기가 한 것처럼 말하고 다녔던 거예요?"

이순후 할아버지의 얼굴이 어두워졌다. 이번에는 내가 나섰다.

"장원물산 회장 이름도 이헌석이래요. 장동 이씨에……. 하지만 조사 위원회 간사님은 그게 거짓말일 가능성도 있다고 했어요. 원래 이름은 미야모토 겐일 거라고. 만약에 우리 증조할아버지가 독립운동가라면 장원물산 회장 미야모토 겐이 우리 할아버지 것을 훔친 거 아니에요?"

할아버지가 이순후 할아버지를 보며 고개를 저었다.

"확실한 증거 없이 어디에서 기사를 찾아보고 철부지들이 하는 소리입니다. 괜히 나섰다가 불이익이나 당하지 않을까 걱정되어서, 아예 제대로 알고 왔습니다."

"철부지라니, 당치 않습니다. 집안일도 알아보고 잘 컸네요. 지혜, 지온이, 너희 말이 맞다. 장원물산 그분이 일정(日政) 때 미야모토 겐이라는 이름으로 사셨지. 지금은 다 돌아가셨지만, 율촌 아버님은 물론 종가 사람들 중에 그걸 모르는 사람은 없었어. 해방 후에 고향에 한번 찾아왔다가 우리 아버님한테 쫓겨났다지. 다시는 고향에 발길을 못 할 뻔했는데, 아버님이 월북하자마자 바로 전쟁이 나서……. 형님도 아시겠지만, 전쟁 직전에 율촌 아버님이 월북하신 걸로 집안 사내란 사내는 다 끌려가지 않았습니까? 그때 미야모토, 그 어른이 없었으면 어찌 되었을지, 사실 지금도 알 수 없지요. 그때는 장원물산이 아니라 무슨 목재 회사를 할 때였는데, 돈 많고 끗발도 있다더니, 감옥에 있는 집안 남자들을 하나둘 빼낸 게 그 어른이죠. 멀쩡한 분들이 주검으로 돌아오는 일이 흔했던 시절이었는데, 어린 마음에 고마웠습니다. 어머님들이 옥바라지하면서 한편으로는 줄초상 치를 준비를 했으니까요. 작은어머님이 형님하고 여길 뜨신 것도 그즈음이죠?"

할아버지가 고개를 끄덕였다.

"어머니가 아무한테도 말하지 않고 한밤중에 도망쳤다며 평생 미안해했어요."

"아니에요. 한참 뒤에도 그때 얘기만 나오면 다들 작은어머님이 잘하신 일이라고들 말했어요. 그때는 우리 어머님도 저까지 끌려갈까 봐 전전긍긍하셨다고 합니다. 경찰들이 빨갱이 씨를 없앤다고 기세등등하게 돌아다녔으니까……."

지혜가 고개를 갸웃거렸다.

"독립운동가 집안이라면서요? 왜 빨갱이라고 한 거예요?"

"그때는 집안에 월북한 사람이 하나만 있어도 그랬던 시절이야."

아빠의 설명에 이순후 할아버지가 고개를 숙였다.

"그게 다 내 아버님 때문이었단다. 아버님이 월북하시는 바람에
나머지 식솔들 고생이⋯⋯. 저랑 율촌 식구들은 하나같이 고개를 들
수가 없었습니다."

"그게 왜 아우님 탓입니까? 세월이 그랬던 걸⋯⋯."

"아버님도 참⋯⋯. 어머니가 평생 원망하셨지요. 해방이 되어 이
제는 옛말하며 살 거라 생각하셨다고요. 나라를 찾으면 그만 돌아오
실 줄 알았지, 나랏일 한다고 북쪽 친구들을 만나러 가실 줄이야 누
가 알았겠습니까?"

"다 지나간 이야기⋯⋯."

"지나간 이야기라면서 왜 이장할 때 오시라는 청을 안 들어주셨
어요? 작은아버님 헛묘를 열어 보고 제가 혼자 어찌나 눈물이 나던
지⋯⋯. 죽기 전에 형님께 전해야 할 텐데, 제 속만 탔습니다⋯⋯.
자, 말 나온 김에⋯⋯. 기다리세요."

할아버지의 눈빛이 강해졌다. 이순후 할아버지는 밖으로 나갔다.
지혜가 아빠에게 속삭였다.

"이장이 뭐야?"

"무덤을 다른 곳으로 옮기는 거야."

지혜가 뭔가 더 물어보려는 찰나, 이순후 할아버지가 흰 보자기로

싼 항아리를 조심스레 안고 들어왔다. 모두의 시선이 한곳으로 모였다. 이순후 할아버지는 항아리 뚜껑을 열고 할아버지에게 눈짓을 했다. 할아버지는 조심스레 손을 넣어 흰 한지에 싸인 것을 꺼냈다. 조심스레 한지를 펴자 뭔가 하얀 것이 보였다.

"작은아버님 치아와 손목뼈입니다. 해방 후 아버님이 손수 모시고 온 것이라고 했습니다. 형님이 장성하기를 기다렸는데, 율촌 아버님이 월북하시기 전 급하게 헛묘를 쓸 수밖에 없었다고, 어머님이 돌아가시기 전에 말씀해 주셨지요. 율촌 아버님이 고향에 발걸음이나마 하신 것도 작은아버님을 모시기 위한 것이었다고 하더군요. 해방을 못 보고 돌아가셨으니, 혼이라도 고향에 모셔야 한다고……."

"그런데 헛묘는 찾지 못했다고, 조사 위원회 간사님이 그러던데요?"

내가 이순후 할아버지에게 이렇게 묻자 아빠가 의아한 표정으로 나를 보았다.

"네가 어떻게 알아?"

아빠의 말에 이순후 할아버지가 쓴웃음을 지었다.

"그 사정은 내가 좀 아네. 투서 기록이 남아 있었나 보구나. 그 사람들 말이다, 일을 어설프게 하더구나. 투서를 봤으면 비밀리에 움직일 일이지, 무슨 행차라도 하는 양 자가용을 몇 대씩 몰고 떠들썩하게 오더라고. 제일 비싼 차에 장원물산 회장을 싣고서……."

이순후 할아버지가 한숨을 쉬었다. 나와 지혜의 눈빛이 마주쳤다. 이순후 할아버지는 우리 눈빛을 보지 못했는지, 한숨을 쉬며 말을 이었다.

"다 내 탓이지. 그때 원호처 사람들 옆에서 장원물산 그 어른이 거들먹거리는 꼴을 보면서도 처자식 생각에 입을 꾹 다물고 있었으니……."

"원호처?"

할아버지의 물음에 이순후 할아버지가 고개를 끄덕였다.

"몇십 년 전에 원호처 공무원들이 훈장 준다고 장동에 몇 번 드나들었어요. 하지만 장원물산 그 양반 하는 꼴을 보면서, 작은어머님이 혜안이 있으셨구나 싶었지요. 선산에 모셨으면 바로 작은아버님 묘를 찾았을 테고, 그랬다면 장원물산 등쌀에 이 유골이 지금까지 남아 있을 리가 없지요."

"우리 어머니가?"

"네. 선산에 모시려는 걸 끝까지 반대하셨답니다, 작은어머님이. 당신 가시고 나면 소박하게 함께 묻히는 게 소원이라고요. 원래는 본가에 잘 오시지도 않던 분이 매일 재를 넘어와서 고집을 부리셨다고 해요. 그래서 하는 수 없이 새벽에 도둑 무덤 쓰듯 모신 건데, 그 덕에 제가 형님께 작은아버님을 보내 드릴 수 있게 되었네요. 작은어머님은 묘를 안 쓰셨다고……."

"살기도 힘든데 무덤까지 신경 쓸 새가 있어야죠. 이리 뵈니, 자식 노릇 못 한 것이 또 한이 됩니다."

할아버지가 한숨을 쉬자 이순후 할아버지가 고개를 저었다.

"요즘 누가 무덤을 쓰나요? 선산이야 장원물산에서 훈장처럼 여기는 통에 손을 댈 수 없지만, 제가 죽으면 화장할 생각입니다. 이장을 한 이유도 제 대(代)에 정리를 해 두어야 할 것 같아서였죠."

"미안합니다, 아우님. 내가 할 일을 아우님께서 다……."

"아닙니다, 형님. 어머니 돌아가셨을 때, 작은어머님이 몰래 오셨었어요. 반가운 마음에 인사를 드리는데, 무섭게 말씀하시더라고요. 사람 노릇 하려고 오긴 했지만, 인연은 끊고 살자고. 형님 이야기를 하셨어요. 평생 호적 때문에 뜻 한번 펴지 못하고 사는 처지니 더는 아는 체하지 말자고 신신당부를 하셨어요."

할아버지의 얼굴이 흐려졌다.

"미안합니다, 아우님. 우리 어머니가 평생 경찰이나 관이라면 아주 질색을 하셨어요. 나도 다를 바는 없었고. 어머니 마지막 유언도 고향 쪽으로는 얼씬도 하지 말라는 것이었어요. 그러면서도 주신 유품은 죄다 고향 것들이었죠. 족보니 도장이니……. 그런데 아우님, 족보는 어떻게 된 겁니까? 어머니가 평생 간직한 족보가 가짜일 리 없는데, 장동 이씨 종친회에 가서 저 아이가 험한 꼴을 당했어요. 평생 별별 꼴을 다 당했지만, 그렇게 분하기는 처음이었습니다. 종가 어른들 입회하에 정식으로 내 아버님을 족보에 올리셨다고 들었는데, 종친회에서는 왜 인정을 안 하는 것입니까? 그쪽에서 정본이라고 주장하는 장원보에 왜 우리 아버님과 자손들은 없는 겁니까?"

"그것이……. 이해해 주십시오, 형님. 다 못난 제 탓입니다."

이순후 할아버지의 목소리가 갈라졌다. 하지만 할아버지는 못 들은 척 다시 말을 이었다.

"평생 상관없다 생각하며 살았습니다. 아우님도 알다시피 우리 집안이 족보에 오른 사연도 있고 해서, 되도록 지난 얘기는 안 하고 싶었어요. 그렇지만 다른 사람은 몰라도 장동 이씨 종친회에서 그렇게 말할 일은 아니라는 생각이 드는 겁니다. 족보도 독립운동 서훈도 어쩌면 내 아버님의 목숨값 아니겠습니까? 아버님이 본래 종이었다는 말이 사실이라고 쳐도, 만주에 가실 때는 이미 큰아버님의 아우였습니다. 당신이 어머니와 저를 버리고 만주로 간 것도 명명백백한 사실이고요. 어머니는 큰아버님이 아니었다면 아버님이 만주로 갈 일은 없었을 거라고 했습니다. 큰아버님 덕에 문자를 깨치신 아버님이 그 존경하는 마음에 함께 가신 거라고요. 그런데 이제 와서 종이니 뭐니, 부끄러운 과거를 자손들에게 드러낼 말은 아니지요."

"부끄럽다니, 무슨 말씀입니까? 형님, 그런 소리 하지 마십시오. 작은아버님 헛묘를 쓰면서 할아버님이 사당에 올린 글이 있습니다. 전부 기억하지는 못하지만, 작은아버님을 유방과 주원장에 비교하셨지요. 농부 출신 한나라 고조 유방과 비렁뱅이로 떠돌던 명나라 주원장이 도탄에 빠진 백성을 구한 공으로 스스로 귀하게 된 것처럼, 나라를 되찾은 공을 세운 작은아버님도 문중의 큰 어른이라고요. 대대손손 제사를 지내 공경하고 문중의 영예를 드높이라고 했습니다. 비록 제가 못나 종손 노릇을 못 하고 있지만, 우리 집안에 작은아버님이 안 계셨으면 어느 누가 우리를 독립운동가 집안이라고 말했겠습니까? 내 아버님도 독립운동을 하셨지만, 월북을 하셨으니 대놓고 자랑도 할 수 없지 않았습니까? 월북 인사가 있는 집안이면서도 떳떳하게 명문가라고 행세할 수 있는 건 다 작은아버님 덕분입니다."

"그거야 요즘 이야기지요. 나도 그렇지만 아우님도 실은 힘든 세월 지내지 않았습니까? 나는 아버지를 뵌 적도 없는 데다 집안 이야기라면 아주 지긋지긋했어요. 아예 관심을 두지 않았지요. 그래도 설마 다른 이가 아버님 삶을 훔쳐서 사는 줄은 몰랐습니다. 아마, 알았어도 내 형편에 별수 없었겠지만……. 그런데 저 아이들을 보며 내가 정신이 들었습니다. 우리 손주들이 이 할아비에게 아버지 목숨 값을 지키라고 하는데, 빨갱이 소리 들을까 봐 무서워만 했던 제가 그렇게 부끄러울 수가 없었어요. 그래서 아우님을 찾아온 겁니다. 그저 내 아버지 이름자 하나는 지키겠다는 마음으로. 적어도 종친회에서 사기꾼 취급은 당할 수 없다는 생각으로……."

이순후 할아버지가 얼굴을 찌푸렸다.

"종친회는 무슨……. 집안 중에서도 장원물산 쪽에 붙은 사람들이 모여 작당들을 하고 있을 뿐입니다. 장원보도 가문에서 파문된 미야모토 그 양반의 허물을 지우자고 그 큰돈을 써서 만든 거고요. 종가에서 매년 써 온 기록이 있는데, 손바닥으로 하늘을 가릴 수는 없습니다. 그러나 이게 다 부족한 제 잘못입니다. 벌써 나서서 바로잡았어야 할 일을……. 면목이 없습니다."

이순후 할아버지는 우리 할아버지를 향해 상체를 깊이 숙였다.

"아닙니다, 아우님. 아우님 탓을 하려는 게 아니라……."

당황한 할아버지가 이순후 할아버지를 일으켰다.

"아버님이 월북하시고 나니, 자연히 장원물산 그 어른이 집안 최고령이 되시더라고요. 게다가 돈으로 사람들을 회유하니 당할 수가 있어야지요. 전쟁 때 부서진 종가도 번듯하게 세워 주고, 선산도 정비하고, 집안 행사가 있으면 기천씩 돈을 내니, 제가 아무리 막으려 해도 장원보를 막을 수 없었습니다. 아니, 후손들이 다 그쪽으로 기울었으니, 결국 제가 쫓겨난 셈이지요. 저는 번쩍번쩍 왁스로 광낸 종가 동량이 보기 싫어서 이리로 이사를 왔습니다. 그랬더니 장원물산에서 옳다구나, 무슨 체험관 같은 걸로 바꾸더군요. 하지만 위패와 진짜 족보는 제가 지키고 있습니다. 누가 뭐라고 하거든 저를 부르십시오."

이순후 할아버지의 말에 지혜가 나에게 속삭였다.

"조사 위원회에서는 정확한 증거가 있어야 한다고 했잖아. 종가 할아버지 증언은 약하겠지?"

분했지만, 나는 고개를 끄덕일 수밖에 없었다. 할아버지도 같은 생각인지 이렇게 말했다.

"하지만 핏줄로는 그쪽이 진짜이니……."

"핏줄이 무슨 소용입니까? 스스로 핏줄을 저버리고, 나라며 이름까지 버리지 않았습니까? 헌 자, 석 자 그 이름은 미야모토 겐이 일찌감치 버린 이름이었습니다. 주인 없이 버려진 이름을 작은아버님이 다시 쓰신 것뿐입니다. 아주 예전에 끝난 이야기예요. 매년 시제 모실 때 위패가 올라가지만, 헌 자, 석 자 제위를 찾아오실 분은 작은아버님이지 장원물산 미야모토, 그 어른이 아니에요. 장원물산 지금 회장이야 위패만 보고 제 아버지겠거니 하겠지만, 그게 다 무식의 소산이죠. 살아선 돈이며 인맥으로 세상을 어지럽게 할 수 있었을지 몰라도, 지하에서는 조상님들 옆에 얼씬하지도 못했을 거예요."

"진짜 그랬으면 좋겠다."

지혜가 혼잣말로 중얼거리는 바람에 두 할아버지가 웃음을 터뜨렸다. 하지만 지혜는 여전히 심각한 표정이었다.

"하지만 죽은 다음의 일은 아무도 모르잖아요. 조상님들이 증언을 해 줄 수도 없고. 장원물산 사람들은 여전히 자기네가 독립운동가 후손이라고 뻐기고 다니고요. 사실은 친일파인데, 게다가 재벌인데, 너무 불공평해요!"

나도 지혜와 같은 마음이었다. 우리끼리 알고 있는 진실이 무슨 소용인가 싶어 기분이 안 좋았다. 하지만 두 할아버지는 더 이상 아무 말씀이 없었다. 그저 열없는 표정으로 커피를 한 모금 마시고는 축사 이야기며, 집안사람들 이야기를 나눌 뿐이었다.

참

　좁은 산길 사이로 차 한 대가 겨우 지나갈 만한 아스팔트 도로가
나 있었다. 나뭇잎이 우거져서 산길은 푸릇푸릇 어두웠다.
　"아버지, 창문 좀 열까요? 무슨 밤나무가 이렇게 크대요?"
　아빠의 말에 우리는 약속이나 한 듯 차창을 내렸다. 마침 바람이
불면서 풀 냄새가 차 안으로 확 밀려들었다. 지혜가 코를 킁킁거리
며 향기가 좋다고 호들갑을 떨었다.
　"이 언덕에 나리꽃이 많단다."
　할아버지가 지혜에게 말해 주었다. 나와 지혜는 창밖으로 고개를
내밀어 꽃을 찾았지만, 언덕을 내려가는 동안 산소들이 저만치에 드
문드문 보일 뿐이었다.
　"아버지, 저쪽이 선산인가 봐요?"
　"그런가……. 어릴 적 시제가 있을 때 어른들 따라 올라간 기억은
있는데, 어디인지는 나도 기억이 잘 안 나는구나. 여기부터가 율촌
이다."

아빠가 차를 세웠다.

"여기 세우는 게 낫겠어요. 마을 안쪽으로는 다 골목길이라……."

"그러자. 어머니랑 살던 집은 동네 입구라 멀지도 않다."

우리는 증조할아버지의 헛묘 자리를 찾아가기로 했다. 이순후 할아버지가 같이 가겠다고 할 때는 끝까지 싫다고 하던 할아버지였는데, 큰 도로로 나가기 직전에 마음을 바꾼 것이었다. 아빠가 짜증을 내려고 했지만, 지혜가 눈짓으로 말렸다. 하지만 아빠도 언덕을 넘으면서 기분이 나아진 모양이었다.

율촌 마을은 장동보다 훨씬 작고 조용했다. 할아버지는 강 쪽 둔덕에 있는 기와집을 가리켰다.

"저 집이 율촌댁이다. 어릴 적엔 어머니 따라 아침에 가서 저녁까지 먹고 돌아오곤 했지. 큰어머님이 끼니마다 사랑으로 불러서 순성 형님, 순후, 순재 아우와 함께 밥을 먹이셨어. 지금 생각해 보면 큰어머님 안 계실 때는 일하던 어른들이 삼 형제에게만 도련님이라고 했던 것 같다. 나는 별생각이 없었지만 어머니는 불편하셨겠지. 큰어머님이 어머니한테 꼬박꼬박 동서라고 하고, 우리 넷을 똑같은 형제로 대우하셨지만……."

할아버지는 아버지에게 이렇게 말하면서 원래 살던 집 쪽으로 걸었다. 할아버지 말대로 마을 입구에 있는 작고 낡은 집이었다. 이순후 할아버지가 사는 집처럼 슬레이트 지붕이었는데 깨끗한 마당과는 달리 마루에는 고운 먼지가 쌓여 있었다.

"빈집치고는 깔끔하네요."

"아우님이 관리한 덕이겠지. 뒷마당 굴뚝 맞은편이라······."

할아버지는 이렇게 중얼거리며 신발을 벗고 마루를 가로질러 뒷문을 넘어갔다. 우리도 할아버지 뒤를 따랐다. 뒷마당이라고 해서 넓은 마당을 생각했는데, 작은 굴뚝 맞은편 울타리가 바로 코앞이었다. 할아버지는 싸릿대로 만든 울타리 아래의 흙을 손으로 쓸었다.

"이장한 지 오래되었으니 흔적은 없을 거예요. 그런데 헛묘 자리를 잘 잡았네요. 누가 이런 데 헛묘를 썼다고 생각이나 했겠어요? 할머니 덕분에 장원물산 사람들이 못 찾은 게 맞네요. 덕분에 우리가 할아버지를 모실 수 있게 되고······. 아버지는 어떻게 하시고 싶으세요? 이제라도 묘를 쓸까요? 축사 뒷산이라면 땅값이 비싸지도 않을 텐데······."

아빠 목소리가 마치 나를 위로할 때처럼 따뜻했다. 할아버지는 무릎을 짚고 일어서서 손바닥에 묻은 흙을 털었다.

"묏자리는 무슨. 화장해서 모시면 그만이다."

"하지만······."

"됐다. 마음이 중요한 거다. 두 분 함께 모시게 되었으니 너희는 신경 쓰지 마라. 나도 죽으면 화장하고."

지혜가 할아버지의 팔짱을 꼈다.

"안 돼요, 할아버지. 돌아가시지 마세요."

"고마운 말이다만, 사람은 다 죽는 거다. 어떻게 죽고 후손들이 어떻게 수습하느냐가 중요한 거지. 그나마 나는 아버지보다는 복이 많지 뭐냐. 너희들이 장례는 제대로 치러 줄 테니. 내 아버님은 자식이라고 나 하나 남기셨는데 시신 수습도 이 모양으로……."

할아버지의 목소리가 떨리는 듯싶더니, 손바닥으로 눈가를 훔쳤다. 나와 아빠와 지혜는 깜짝 놀라고 말았다. 할아버지가 울다니……. 갑자기 울컥했다.

"말도 안 돼! 할아버지, 증조할아버지를 화장하면 안 돼요!"

나는 버럭 소리를 질렀다. 지혜가 의아한 표정으로 나를 보았다.

"하지만 묘를 만들려면 땅을 사야 한다잖아."

"돈 필요 없어! 생각해 봐. 증조할아버지는 독립운동가잖아? 그러니까 당연히 국립묘지에 계셔야지!"

지혜가 손바닥을 탁 쳤다.

"맞아 맞아! 국립묘지! 할아버지, 지온이 말이 맞아요."

아빠가 한숨을 쉬었다.

"그렇긴 하지만 그러자면 할아버지가 독립운동가라는 걸 증명해야 하는데……."

"맞잖아!"

"아냐, 이지혜. 지금 훈장은 장원물산 미야모토 겐한테 있어."

아빠가 고개를 끄덕였다.

"지온이 말대로 훈장을 되찾으려면 장원물산 집안이랑 싸워야 할 텐데…… 증언해 줄 사람들도 없고, 증거도……."

우리 모두 조용해졌다. 할아버지는 아무 말 없이 집을 한 바퀴 돌아보고는 차가 주차된 쪽으로 걸음을 옮겼다. 차에 올라탄 우리는 창문을 여느라 바빴다. 해가 어찌나 뜨겁던지 잠깐 사이에 차가 찜

질방이 되어 버린 것이다. 아빠는 서둘러 차를 출발시켰다.

한동안 차 안은 조용했다. 에어컨이 금방 시원해지지 않아서 다들 땀을 흘렸다. 더위 때문만은 아닌데 힘 빠진 얼굴로 창밖만 보았다. 휴게소에 들렀을 때도 마찬가지였다. 휴게소에서 사 온 떡꼬치를 다 먹은 지혜가 휴 하고 한숨을 쉬었다.

"분하다, 진짜 대단한 집안은 우리인데, 친일파 집안이 잘난 척을 하다니."

휴대폰 게임을 하는 줄 알았는데, 계속 그 생각만 했던 모양이었다. 나도 줄곧 답답한 마음이었다.

"나도 분해. 정말 방법이 없을까?"

"이지온, 우리 그 간사님 다시 찾아가 보자. 장원물산이 아무리 금수저라도 장동 종가집 할아버지가 증언을 해 주면 아무 말도 못 하지 않을까? 해마다 집안의 중요한 일들에 대한 기록도 남겼다면서? 그거면 증거가 되지 않아? 아빠는 어떻게 생각해?"

"글쎄, 그 사람들이 조작이라고 주장하면 뭐라고 하지?"

"사실을 말해 주는 사람이 있다면 창피해서라도 얼른 잘못했다고 하지 않을까? 할아버지, 어떻게 생각하세요?"

할아버지는 고개를 저었다.

"염치가 있는 집안이면 그런 짓도 하지 않았겠지. 애초에 친일하고도 떳떳하게 부귀영화를 누린 인간의 핏줄이다. 아비는 나라를 도둑질하고 그 후손은 남의 행적을 도둑질하는 집안이니 뼛속부터 도둑놈 핏줄인 거지. 돈이나 힘이 있으면 모를까, 지금으로서는 이길 재간이 없구나."

할아버지의 말에 지혜는 입술을 쭉 내밀며 비죽였다. 그때였다.

"핏줄!"

나는 이마를 탁 쳤다. 다들 깜짝 놀라 나를 돌아보았다.

"깜짝이야. 이지온, 아빠 운전하고 있으니 소리는 지르지 마."

"하지만 아빠! 핏줄이 남아 있잖아요! 우리도 저쪽도."

"핏줄이 뭐?"

지혜가 뒤를 돌아보며 물었다.

"이지혜, 생각해 봐. 핏줄에는 DNA가 있다고. 몇만 년 전 죽은 공룡 뼈에도 DNA가 남아 있다는 말이지. 이 바보야, 모르겠어? 증조할아버지가 남긴 유언장이 발견되었다고 했잖아!"

그제야 지혜의 눈이 반짝거렸다. 지혜는 손바닥으로 의자를 쿵쿵 치며 말했다.

"그래! 손톱에도 DNA가 있어!"

아빠가 얼굴을 찡그리며 지혜를 보았다.

"이지혜, 의자 치지 마."

"하지만 아빠, 우리가 지금 증조할아버지 걸 되찾을 방법을 찾았다니까!"

"그게 무슨 소리냐?"

이번에는 할아버지가 다급하게 물었다. 나는 조사 위원회에서 들은 증조할아버지의 유품 이야기를 했다. 아빠가 떨리는 소리로 진짜냐고 물었다. 나는 대답 대신에 내 생각을 말했다.

"그러니까 방법은 두 가지야. 하나는 유품으로 남기신 손톱이랑 머리카락에서 나온 DNA와 장원물산 가족의 DNA가 일치하는지 확인하는 거. 장원물산 집안과 증조할아버지의 DNA가 일치한다면 장원물산 집안의 그 할아버지가 독립운동가라는 거겠지."

"그래. 장원물산이 당당하다면 검사를 하겠네! 그렇게 말해 볼까?"

지혜의 말에 아빠가 웃었다.

"그 재벌 집에서는 절대로 피 뽑는 일은 안 할걸?"

아빠의 말에 나도 고개를 끄덕였다.

"하지만 우리는 피 뽑는 거 하나도 무섭지 않지. 증조할아버지의 아들인 할아버지에게도, 손자인 아빠에게도, 증손자 증손녀인 나와 지혜한테도 유전자는 남아 있어. 그러니까 우리가 유전자 검사를 하면 되는 거란 말이야."

"유전자 검사? 그게 뭐냐?"

할아버지가 궁금한 목소리로 물었다.

"같은 핏줄인지 아닌지 증명할 수 있는 검사가 있어요."

"뭐? 그 얘기를 먼저 했으면 괜히 힘 뺄 일은 없었을 텐데, 먼저 말해 주지!"

아빠가 들뜬 목소리로 말했다.

"하지만 조사 위원회 간사님이 장원물산에서 가짜라고 나서기 시작하면 답이 없다고 했었어. 유언장 자체가 조작된 거라고 주장하기 시작하면 아니라고 할 증거가 부족하다고."

지혜의 말에 아빠가 다시 한숨을 쉬었다.

"그런가?"

"하지만 이젠 완벽해. 장동 할아버지가 증조할아버지 이와 손목뼈를 주셨잖아. 거기에도 DNA는 있으니까 증거가 세 개나 되는 거지. 헛묘에서 나온 증조할아버지의 DNA, 만주에서 나온 DNA 그리고 우리 독립운동가 집안 핏줄에서 나온 DNA! 증명 끝! 이걸로 진짜 금수저 집안이 어딘지 알 수 있다고!"

지혜가 손뼉을 치며 나에게 엄지손가락을 치켜세웠다.

"오, 이지온! 너 오늘 좀 똑똑해 보인다. 그런데 DNA가 있어서 정말 다행이야. 덕분에 증조할아버지 억울한 것도 해결할 수 있고. 이거 발견한 사람들한테 노벨상 줘야 하는 거 아냐?"

"바보야, 벌써 받았거든?"

"아, 그래? 그럴 줄 알았어. 아무튼 이제 끝났네! 독립운동가 집안이라니, 앞으로는 자랑하고 다녀야지! 당장 가자, 이지온!"

지혜의 말에 할아버지의 얼굴에 미소가 흘렀다. 나는 휴대폰으로 조사 위원회를 검색한 다음 아빠에게 말했다.

"아빠, 내비 다시 입력해요. 조사 위원회에 갔다가 집에 가도 안 늦을 것 같아."

"정말로 지금?"

"응. 거기에서 언제든 증언을 받는다고 했거든. 우리는 증언이 아니라 더 강력한 걸 갖고 가는 거니까!"

"좋아, 가 보자! 지혜야, 주소 다시 입력해."

나는 휴대폰을 지혜에게 건넸다. 지혜가 새로운 주소를 치는데 가슴이 뭉클했다. 장학금을 받지 않기로 한 것이 지금까지 내가 한 일 중에 가장 잘한 일 같았다. 라일고에는 못 가겠지만, 증조할아버지라면 비겁한 일은 절대로 하지 않을 것 같았다. 그리고 어떤 상황이든 스스로 용기 있게 헤쳐 나갈 것 같았다. 도로에 두 갈래 길이 나왔다. 하나는 향화리로 가는 길, 또 하나는 서울 시내로 가는 길이었다. 아빠는 오른쪽으로 핸들을 돌렸다. 조사 위원회까지 도로 상황이 원활하다고 내비게이션이 말해 주었다. 아빠가 액셀러레이터를 밟으며 속도를 올렸다.

어릴 적 엄마 아빠가 족보 만드는 일로 어떤 분과 언쟁하는 것을 지켜본 적이 있습니다. 족보에 딸 이름은 올려 주지도 않으면서 왜 비용을 내냐는 내용이었던 것 같습니다. 그때는 귀를 쫑긋하고 들었지만, 아쉽게도 결론 이 어떻게 되었는지는 확인하지 못했습니다.

조선 시대 신분 중 양반이 제일 수가 적었다는 것을 배운 뒤 이상하다는 생각을 한 적도 있습니다. 반 아이들은 다 유명한 양반 가문의 자손이라는 데, 이런 비율이라면 농부, 기술인, 상인의 후손은 없다는 말이 되니까요. 하지만 이 또한 깊이 생각하지는 않았습니다. 그것 말고도 세상에는 궁금 한 게 많았거든요.

'금수저'라는 말이 이렇게까지 유행하지 않았다면 그런 일들은 떠오르지 않았을 것입니다. 저는 자신이 성취한 것만이 삶이라고 생각하는 사람이니 까요. 돈이 아무리 대단하더라도 '나'를 만든 것들 중 하나일 뿐이라서 각자 다른 기억과 추억으로 자신을 만들어가기 마련입니다.

저도 저를 만든 기억 중 고향에 관한 것이 있습니다. 개발되기 전 고향은 같은 성들이 모여 사는 전통 집성촌이었습니다. 명절날이면 새벽부터 이웃 을 돌며 차례를 지냈고, 뒷산에 있는 산소에 성묘까지 하고 나서야 공식적 인 행사가 끝났습니다. 성묘하기에는 춥지도 덥지도 않은 추석이 좋지만, 저는 설날 성묘를 좋아했습니다. 특히 눈이 펄펄 내린 산소를 좋아했지요.

뒷산 양지바른 비탈에 옹기종기 모인 산소 위로 눈이 소복이 쌓여 있었습니다. 어른들을 따라 무릎 꿇고 큰절을 하다 보면 손발이 시린데도 소나무들 사이 파란 하늘 밑, 동그마한 무덤이 흰 이불을 덮은 것 같아 따뜻하게 보였습니다.

"적선지가필유여경(積善之家必有餘慶), 착한 일을 한 집안에 반드시 경사가 있다." 착한 삶을 살아온 분들의 이야기는 용기를 주었습니다. 어쩌면 제가 금수저가 아니었기 때문에 그런 것으로 만족했는지 모르겠습니다. 금수저를 자랑스럽게 생각하는 이도 있겠지만, 압도적인 환경에서 진정 자신만의 삶을 살았다고 할 수 있을지는 모르겠습니다.

인생을 좀먹지 않으며 물려받을 수 있는 것은 이야기뿐인 것 같습니다. 삶을 굳세게 창조해간 누군가의 영혼에 대한 이야기 말이죠. 그것은 인심이 넉넉해서 집안사람이 아니라도 함께 물려받을 수 있습니다. 누구라도 힌트를 얻어 황금 같은 인생을 살 수 있습니다.

저는 전 세계의 조상들 이야기로 삶을 배웠습니다. 그래서 위대하지는 않더라도 부끄럽지 않게 살려고 노력하고 있습니다. 그 시절 눈 쌓인 무덤 속 할아버지와 할머니들처럼 파란 하늘을 우러러볼 수 있으려면 그래야만 할 것 같거든요.

지혜와 지온이의 친구인 여러분은 아주 먼 훗날, 황금 같은 정신을 물려주는 멋진 조상님이 되기를 바랍니다.

2023년 2월의 포근한 날에 조정현